BATERIA 100% CARREGADA

SEVERINO RODRIGUES

ILUSTRAÇÕES DE PEDRO CORRÊA

Direção-geral: Vicente Tortamano Avanso

Direção editorial: Felipe Ramos Poletti
Supervisão editorial: Gilsandro Vieira Sales
Edição: Paulo Fuzinelli
Assistência editorial: Aline Sá Martins
Auxílio editorial: Marcela Muniz
Coordenação de arte: Maria Aparecida Alves
Design gráfico: Ana Matsusaki
Editoração eletrônica: Ana Matsusaki
Supervisão de revisão: Dora Helena Feres
Revisão: Maria Alice Gonçalves e Elis Beletti

Dados Internacionais de Catalogação na Publicação (CIP)
(Câmara Brasileira do Livro, SP, Brasil)

Rodrigues, Severino
Bateria 100% carregada/Severino Rodrigues; ilustrações de Pedro Corrêa. – São Paulo: Editora do Brasil, 2018. – (Série cabeça jovem)
ISBN 978-85-10-06777-5
1. Ficção juvenil I. Corrêa, Pedro. II. Título. III. Série.
18-18573 CDD-028.5

Índices para catálogo sistemático:
1. Ficção: Literatura juvenil 028.5
Maria Paula C. Riyuzo - Bibliotecária - CRB-8/7639

1ª edição / 6ª impressão, 2025
Impresso na Forma Certa Gráfica Digital.

Avenida das Nações Unidas, 12901
Torre Oeste, 20º andar
São Paulo, SP – CEP: 04578-910
Fone: + 55 11 3226-0211
www.editoradobrasil.com.br

A SIANE GOIS,
PROFESSORA, ORIENTADORA
E UMA VERDADEIRA MÃE.

PAZ
As Aventuras de Tom Sawyer

1%

Danilo não acreditou quando o professor de Matemática apontou para a porta. O garoto hesitou, mas a cara do outro não era de brincadeira.

Com muita vergonha, Danilo se levantou e seguiu para fora da sala. No caminho, evitou olhar para os novos colegas de turma que, provavelmente, ou estavam assustados ou rindo dele.

O novato. Em menos de 50 minutos. Saindo da sala do 6º ano B. No primeiro dia de aula.

2%

O sinal tocou.

Aproveitando o momento de troca de professores, Ariadne pegou o celular e se conectou à internet. As atualizações pareceram demorar mais que o habitual.

A garota estava curiosa para descobrir quantas visualizações, *likes* e comentários seu novo vídeo ganhara.

Não foram muitos. Mas um deles fez seus olhos arregalarem e o coração bater sobressaltado:

> Video tosco. Menina fraca. #vergonhaalheia
>
>  

3%

Agora, Danilo estava sentado numa das cadeiras da Coordenação. Remexia-se. Pelo vidro, ele via o professor de Matemática, de quem não lembrava o nome, conversando com a coordenadora.

Ela assentia com a cabeça e, volta e meia, fitava o garoto, que desviava o olhar.

Danilo só pensava em uma coisa: sua mãe iria matá-lo. Já reprovara uma série e o ano anterior fora bem complicado. No colégio novo, tudo deveria ser diferente. Porém, mais uma vez, o ano se iniciava conturbado.

O professor de Matemática saiu da sala sem sequer olhar para o garoto.

Em seguida, Danilo viu quando a coordenadora digitou algo no *notebook* da mesinha. Adivinhou. Ela estava procurando o contato da mãe dele.

O telefone tocou antes.

Aliviado, o garoto soltou a respiração. Estresse adiado por um minuto.

Mas foi apenas um segundo.

Após atender, a coordenadora olhou para ele e pôs a mão na boca, como se tivesse recebido uma grave notícia.

4%

Ariadne se arrependeu de ficar perto do quadro. Quando a professora do segundo horário entrou, a garota teve que guardar o celular rapidamente. Não deu para analisar direito o perfil de quem havia postado aquele comentário.

A foto era do Espelho Mágico do desenho animado *Branca de Neve e os sete anões*. E o nome de usuário era ESPELHOSINCERO.

– Bom dia, 6º ano A! – cumprimentou a professora assim que entrou. – Meu nome é Lila e sou a nova professora de Português – completou, se apresentando e virando, logo depois, para escrever a data, seu nome e a disciplina no quadro branco.

Ariadne procurou a segunda matéria do caderno a fim de colocar o nome da professora. Mas agia no automático, se perguntando quem teria postado aquele comentário maldoso no seu canal.

– Que cabelos lindos!

Ariadne se surpreendeu com o elogio e o carinho que Lila fez nos seus cachos. Tímida, a garota só conseguiu responder baixinho com um:

– O-obrigada...

– Não precisa ficar com vergonha! – disse a professora. – Eles são lindos! Tem mais é que ficar orgulhosa! E olhe que sou sincera, viu?

Ariadne não conseguiu falar mais nada. Porém já tinha chegado a uma conclusão: pessoas sinceras assustavam.

5%

Ansioso, Danilo se levantou da cadeira. A coordenadora desligou o telefone e veio em sua direção.

– Posso voltar pra sala? – ele perguntou assim que ela abriu a porta da salinha de vidro que a separava do espaço onde pais e alunos aguardavam o atendimento.

– Não, não – foi a resposta. – É melhor você aguardar aqui.

– Heloísa – falou Danilo lendo o crachá dela. – Eu peço desculpas pro professor. Mas não liga pra minha mãe, por favor.

– Ela já está vindo.

– Hã?!

O garoto sentiu que havia alguma coisa errada.

– Sua mãe acabou de ligar, Danilo – explicou a coordenadora Heloísa, como se escolhesse bem as palavras. – Ela está vindo buscá-lo.

– O que aconteceu?

– Acho melhor você esperar – a coordenadora respondeu, deixando Danilo ainda mais preocupado.

6%

Ariadne escreveu no caderno: *As aventuras de Tom Sawyer*, de Mark Twain.

– Essa será a leitura no nosso primeiro bimestre – anunciou Lila, a professora de Português. – Como o próprio título já diz, conta as aventuras de Thomas Sawyer, ou Tom para os mais íntimos, um garoto que não fica parado de jeito nenhum e se envolve em muitas confusões e aventuras. É um dos meus livros favoritos! Vocês também vão gostar! Ah, tem edições com o texto integral e outras adaptadas. Escolham a que vocês ficarem mais à vontade para ler.

A garota já tinha ouvido falar desse livro, mas não se lembrava muito bem. Talvez tenha visto na livraria do *shopping*. Mas Gabriela, sua melhor amiga, com certeza conhecia. Ela era louca por livros. Porém, as duas tinham ficado em salas diferentes neste ano.

Assim que chegaram ao colégio, Ariadne e Gabriela, que estudavam juntas desde o primeiro ano, viram seus nomes em atas diferentes e consideraram aquilo uma tremenda injustiça.

Ariadne voltou os olhos para a turma e viu, sentada na última cadeira da última fileira da esquerda, Milena, que chegara atrasada. Elas estudavam juntas também desde o primeiro ano. Diferentemente de Gabriela, Milena não gostava muito de ler nem de estudar. Mas as três viviam para cima e para baixo no intervalo. Antes, brincavam, mas, desde o ano anterior, apenas ficavam conversando. Não eram mais crianças para correrem até suar.

Por isso, Ariadne viu quando Milena fez um biquinho e repetiu o elogio da professora de Português sem, é claro, emitir qualquer som:

– Lindos!

Ariadne riu.

7%

– Você só me dá trabalho, Danilo! Só me dá trabalho!

– Vô não atende... – resmungou o garoto, tirando o celular pela enésima vez do ouvido.

– Pare de ligar para seu avô! – disse a mãe, antes de acelerar diante de mais um sinal amarelo. – Em cinco minutos estaremos lá. E pare de ligar! Você só me dá dor de cabeça, Danilo!

– O papai tem que ficar bem – falou o garoto preocupado, não dando ouvidos às críticas da mãe.

– E você tem que aprender a ficar quieto! – ela asseverou. – Seu pai sofreu um acidente de carro, vou buscar você no colégio e descubro que foi colocado para fora da sala no primeiro dia de aula! Não aguento isso mais, não! Parece até seu pai! Vivendo com a cabeça na Lua!

– Você vai me deixar como deixou o papai! – reclamou Danilo bravo. – E você não diz o que aconteceu com ele!

– Não mistura as coisas – redarguiu a mãe. – E eu já respondi a essa sua pergunta duas vezes! Você que não presta atenção no que eu falo! Seu pai se distraiu e perdeu o controle da direção. Parece que bateu a cabeça no vidro da porta, mas seu avô avisou que ele vai ficar bem!

8%

No intervalo, as três meninas se sentaram em uma das mesas da cantina.

Ariadne aguardava o sinal da operadora se conectar novamente à internet para ver o perfil do dono do comentário.

– Meninas, me deixem contar uma coisa que aconteceu na minha nova turma – anunciou Gabriela, ajeitando os óculos com a ponta dos dedos.

– O que foi? – quis saber Milena.

– Conta logo, Gabi – pediu Ariadne, achando que poderia ser algo relacionado ao seu canal.

– Um dos novatos saiu de sala no primeiro horário – fofocou a amiga.

– Sério?! – se espantou Ariadne.

– Hum-hum – confirmou Gabriela. – E na aula do Jader! – completou.

– Ih... – fez Milena. – Esse menino vai ser reprovado na certa! Foi provocar logo o professor de Matemática.

– Mas o que ele fez? – perguntou Ariadne.

– Ele não parava quieto! Se levantou pra conversar com os meninos do lado, pediu pra tomar água, ir ao banheiro, pediu lápis emprestado, ficou desenhando durante a explicação e, pra completar, resolveu ver alguma coisa no celular. O vídeo começou bem alto e Jader achou que era provocação. Colocou pra fora na hora!

– Tava fazendo de propósito! – resumiu Milena. – É fato!

– Que menino inquieto!

– Mas, e vocês? Alguma novidade? – perguntou Gabriela.

Ariadne soltou um suspiro e mostrou para as amigas o comentário que escreveram no seu canal.

– Nossa! – se espantou Gabriela.

– Quem fez isso? – questionou Milena.

– Não sei... Vou descobrir agora!

E Ariadne clicou na imagem do espelho mágico para visualizar o perfil.

9%

Danilo observava o pai na cama do hospital: cabeça enfaixada e marca do cinto na altura do pescoço. Como o próprio acabara de contar, o *airbag* do carro tinha feito sua parte e evitado consequências mais trágicas.

– Distração, Daniel! Distração! – cortou a mãe de Danilo.

– Calma, Fabiana – pediu o avô do garoto, que também se encontrava no quarto.

– Calma nada! Esse seu filho acha que é o *Superman*! Pensa que pode fazer mil e uma coisas ao mesmo tempo! Muita coisa na cabeça e deixa de prestar atenção! Se desliga por completo do mundo!

– Muito obrigado pela preocupação, Fabi – disse o pai do garoto com um sorriso.

– Preocupação nenhuma, Daniel – negou a mãe. – Minha vida está 50% mais tranquila depois que a gente se separou. Não aguentava mais um marido com a cabeça na Lua! Só falta nosso filho aprender a se comportar nos lugares. Danilo, por favor, pare de brincar com o controle do ar – ela pediu antes de prosseguir. – Acredita que ele já saiu de sala hoje, seu Davi?

Davi, Daniel e Danilo. Os três homens da família com a mesma sílaba inicial. O garoto achava divertido. Mas nada a ver a mãe querer contar naquele momento sobre a saída dele de sala de aula.

– Mãe! – bronqueou o garoto.

Nesse instante, uma enfermeira bateu de leve na porta aberta e avisou:

– O neurologista chegou. A partir de agora só um acompanhante, por favor.

– Vem, filho – chamou a mãe antes de reclamar mais uma vez. – Quantas vezes vou ter que mandar você soltar o controle do ar?!

Danilo deixou o controle sobre a mesa. Abraçou o pai, depois o avô e se retirou do quarto ao lado da mãe. Em seguida, perguntou:

– Neurologista?! Por que papai precisa de um?

– Por causa da pancada na cabeça – explicou a mãe.

– Hum... – fez o garoto, considerando a resposta insuficiente para sua dúvida.

– Precisamos ter uma conversa séria, mocinho...

– Ah, não!

Danilo já sabia que quando ouvia a palavra *mocinho* vinha castigo pela frente.

10%

Fake.

A palavra ainda martelava na cabeça de Ariadne quando ela saiu da escola. Como o Colégio João Cabral de Melo Neto ficava a duas esquinas da sua casa, ela voltava a pé mesmo. Mas o Sol recifense parecia cada dia mais quente.

Fake.

Ela sabia o significado. Uma pessoa que não se identificava, usava foto e nome totalmente falsos, se aproveitando das facilidades da internet para se camuflar. Volta e meia, os *youtubers* que ela acompanhava eram azucrinados por algum perfil do tipo. Por que com ela seria diferente?

Respirou fundo e apertou a campainha do prédio. O porteiro abriu e logo Ariadne estava subindo de elevador. Era melhor esquecer aquilo e se preocupar com o novo vídeo do canal.

O elevador abriu no quarto andar, ela girou a chave na porta e gritou:

– Mãe! Cheguei!

A mãe da garota apareceu na sala, tomando um copo de água.

– Também acabei de chegar – deu um beijo na testa da filha. – Coloquei o almoço pra esquentar.

As duas sempre almoçavam juntas. Depois, a mãe voltava para o trabalho e deixava a filha na casa da avó paterna.

Ariadne reparou num monte de sacolas em cima do sofá.

– São seus livros. Comprei agorinha.

A garota se lembrou do livro que precisava ler. A mãe voltou para a cozinha. Ariadne procurou pelo exemplar nas sacolas. Na segunda, junto com o livro didático de Português, encontrou-o, mas, antes que pudesse abri-lo, o alerta do celular tocou.

Era Milena.

Vc viu o desaforo?

Junto à mensagem, uma imagem. Ariadne fez o *download*. Era um *print* da parte dos comentários do seu canal. O Espelho Mágico havia deixado outro recado:

espelhosincero:

Nao vai curtir o meu comentario??? #sinceridade #digologo

11%

Danilo se trancou no quarto a tarde toda.

Era melhor ficar sozinho jogando *video game* que ouvindo a mãe repetindo mais de mil vezes que ele precisava ficar quieto e aprender a se comportar, que o colégio novo era caro e tudo mais.

Alternou o campo de futebol com as ruínas de uma Itália renascentista. O som, é claro, estava desligado. Para a mãe pensar que ele obedecia ao castigo.

Só saiu na hora do jantar. E, assim que retornou ao quarto, ficou jogando até depois da meia-noite.

No dia seguinte, o sermão recomeçou e durou todo o percurso de casa até a escola. Mas, após as duas primeiras frases, Danilo não ouviu mais nada. Seus pensamentos estavam longe. Quase zerou o jogo. Faltou tão pouco!

Ao descer do carro, o garoto retornou à realidade, ou melhor, esbarrou nela. Trombou no professor de Matemática que lançando um olhar enviesado, desviou sem sequer lhe dar bom-dia.

– Danilo!

O garoto se voltou. Não tinha reconhecido a voz. Era a coordenadora Heloísa que vinha em sua direção. Ela já tinha decorado seu nome. Péssimo sinal.

– Danilo, bom dia! – ela o cumprimentou. – Te chamei várias vezes.

– Bom dia – ele respondeu sem graça. – Só ouvi dessa vez.

– Tranquilo. Não se preocupe – disse a coordenadora. – Mas me diga: e seu pai? Como está?

– Ele vai ficar bem.

– Que bom! Fico feliz por você e por ele também.

– Posso ir? – indagou Danilo ansioso para sair dali. – Acho que o sinal vai tocar.

– Pode. Mas você não vai para o 6º B hoje.

– Não?! – ele estranhou.

– Você agora é aluno do 6º A.

12%

Ariadne, Gabriela e Milena estavam sentadas em sequência na fila encostada à parede direita. Conversavam animadas quando Ariadne viu entrar um garoto novato na sala. Pelo menos não se lembrava dele do dia anterior.

– É ele! É ele! – disse Gabriela, mostrando o recém-chegado.

– Quem? – perguntou Ariadne.

– O novato! Aquele que saiu da aula de Jader ontem.

– E colocaram ele aqui? – inquiriu Milena. – Os piores alunos não ficam na turma B, Ari?

– Não é bem assim – defendeu-se Gabriela. – Ontem eu mesma estava lá.

– Pois é... Não sei como deixaram você sair.

– Muito engraçado, Milena. Já expliquei: tinham quatro alunos a mais na turma B. Aí, no final da manhã, Heloísa avisou que Danilo e eu mudaríamos de sala.

Enquanto as amigas conversavam, Ariadne seguiu com o olhar os passos do garoto. Primeiro, ele se sentou na última cadeira da fila do meio da sala e, colocando os fones de ouvido, pegou o celular para, ao que tudo indicava, jogar.

– E o Espelho Mágico comentou mais alguma coisa? – perguntou Gabriela.

– Não. Apaguei os comentários e, em seguida, bloqueei – contou a amiga.

– Bom dia! Bom dia! Bom dia, turma!

Nessa hora, entrou na sala Lila, a professora de Português. Ariadne guardou o celular no bolso traseiro da calça.

Depois de colocar seus livros e mochila sobre o birô, a professora amarrou o cabelo comprido com um elástico enquanto examinava a sala.

– Danilo! – chamou Lila, para surpresa de Ariadne e de toda a turma. – Senta aqui na frente, por favor!

E ela indicou a primeira cadeira da fila do meio.

– Ih... Ela já sabe o nome dele – sussurrou Gabriela.

– Todos os professores já devem conhecer a fama do novato – comentou Milena.

13%

Danilo sentiu duas mãos pousando suavemente sobre seus ombros. Era Lila, a professora de Português.

– Não está demorando demais para pegar apenas uma caneta emprestada?

– Esqueci meu estojo. Aí, tive que pegar um lápis também. E, depois, uma borracha – e o garoto exibiu os três itens na mão.

– Pelo visto, você é muito esquecido – disse Lila com um sorriso. – Quase se perdeu no fundo da sala.

– Sou mesmo – respondeu Danilo.

– Se eu fosse a senhora, colocava ele logo pra fora – alguém disse.

Danilo se voltou. Não foi Vinícius muito menos Kenji. Esses foram os dois meninos que emprestaram a caneta, o lápis e a borracha para ele. Tinha sido outro garoto.

– Robson – começou Lila bastante séria. – A professora sou eu. Portanto, sou eu quem decide quem fica na sala e quem sai.

A turma quis iniciar uma pequena algazarra, mas a professora impôs silêncio.

Robson.

Esse era o nome. Dessa vez, Danilo não esqueceria.

14%

No intervalo, Ariadne, Gabriela e Milena se sentaram a uma das mesas da cantina.

– O novato não para quieto! – exclamou Milena. – Não consegue ficar cinco minutos no mesmo lugar. Ei, vocês duas podem prestar atenção?

– Desculpa – pediu Ariadne, que estava mexendo no celular. – Mas ouvi. O novato não fica comportado uma aula sequer. É que tô pesquisando ideias para o novo vídeo.

– Já sabe o que vai fazer?

– Ainda não...

– Ô, Gabriela! – chamou Milena passando a mão em frente ao livro que a amiga lia. – Dá pra prestar um pouquinho de atenção na gente aqui?

Gabriela sorriu, colocando um marcador de páginas no livro.

– Dá sim. É que a história é mesmo boa, como a professora falou! Aí, me empolguei.

– Sei... – resmungou Milena.

– Não sei o que fazer para o próximo vídeo do canal – disse Ariadne. – Queria algo bacana, que as pessoas não pudessem criticar como aquele Espelho Mágico.

– Impossível! – asseverou Milena. – Sempre vai ter alguém para criticar alguma coisa que a gente faça.

– Tive uma ideia – falou Gabriela.

– Qual? – quis saber Ariadne, completamente louca por sugestões.

– Um diário de leitura!

– Que *nerd*! – falou Milena.

– Gostei! Pode gerar material para mais de um vídeo! Serei um pouquinho *booktuber*! – se entusiasmou a garota. – Agora, sobre qual livro eu vou falar?

Gabriela ergueu com as duas mãos o livro que segurava.

– *As aventuras de Tom Sawyer* – leu Ariadne como se estivesse vendo aquele título pela primeira vez. – Como dizia minha avó, vou matar dois coelhos com uma cajadada só!

15%

– Tem formiga na cadeira é?

Foi a pergunta que Danilo ouviu após o sinal tocar, avisando o término do intervalo.

Dessa vez, o garoto reconheceu a voz. E se lembrou do nome: *Robson*. Mas não respondeu.

– A próxima aula é de Matemática. E o professor é o mesmo do 6º A. Será que vai sair da sala de novo?

– Deixa ele – pediu Vinícius.

– A gente te procurou pra jogar bola – disse Kenji.

Só então Danilo reparou como os três colegas de turma estavam suados.

– Fiquei na biblioteca, jogando no celular – explicou.

– Amanhã você joga com a gente – convidou Vinícius.

– Todo intervalo rola uma partida com uma garrafinha de refri vazia.

– Deixem de conversa mole – criticou Robson. – Vamos pra sala – e encarando Danilo. – E aí, maluquinho? Vai sair ou não da aula de novo?

Danilo não gostou nada da brincadeira de Robson. Porém, antes que pudesse falar alguma coisa, o professor de Matemática se aproximou do quarteto.

– Danilo, Heloísa está aguardando por você na coordenação – disse e, em seguida, se retirou.

– Uiii... – Danilo escutou quando se virou.

Robson.

16%

Ariadne ouviu quando Robson chamou Danilo de maluquinho. E não gostou. Aliás, ela não gostava muito de Robson.

Os dois estudavam juntos desde o primeiro ano do Ensino Fundamental. Para a garota, ele era o aluno que aprontava, mas, com uma boa desculpa, sempre escapava das encrencas. E foi o que aconteceu de novo.

Robson brincava de briga com Vinícius. Depois de levar um empurrão, Vinícius deu outro em Robson, que revidou com ainda mais força. Vinícius se desequilibrou e derrubou o copo de coruja de Gabriela, molhando o livro da garota.

– Vinícius! – gritou a amiga de Ariadne.

Nesse segundo, Jader, o temido professor de Matemática, entrou na sala.

– O que está acontecendo aí? – perguntou.

Ariadne já imaginava o que aconteceria em seguida.

Logo Robson se antecipou para explicar:

– Vinícius se desequilibrou e bateu no copo de Gabi. Mas foi sem querer, professor. Posso pegar um pano pra enxugar a banca?

– Pode – respondeu o professor antes de se voltar para toda a turma. – Quero todos os celulares desligados, entenderam? Se eu pegar alguém mexendo, vou colocar pra fora.

Ariadne viu quando Robson saiu da sala com um sorriso no rosto. O garoto se safara mais uma vez e Gabriela ficou no prejuízo com o livro molhado, começando a ondular.

17%

Danilo se contorcia na cadeira. Não entendia como a coordenadora, que tinha chamado por ele, não se encontrava na sala. Retirou o celular do bolso da calça para jogar.

Aliás, nem deveria estar ali. Mas no hospital ao lado do pai.

– *Yes*! – fez Danilo passando de fase no jogo.

Mas Robson também o chamara de maluco. Aquele garoto não parecia ser gente boa.

– Danilo? Danilo?

– Oi? – disse o garoto, como se despertando.

À sua frente estavam a coordenadora e outra mulher também com o uniforme do colégio. Danilo leu no crachá o nome das duas. De Heloísa, para relembrar, e de Sophia para descobrir que era a psicóloga da escola.

– Eu não sou maluco!

– Calma, Danilo – pediu Heloísa sem se alterar. – É só uma conversa entre nós três.

– Não quero conversar – ele avisou.

– Danilo, sabemos que seus pais se separaram recentemente e que seu pai ontem sofreu um acidente – começou a psicóloga. – Jader ontem te tirou de sala e hoje os professores comentaram que você anda bastante inquieto...

O garoto tentaria se defender se a porta da coordenação não tivesse sido aberta e Ariadne entrado.

– Ari? – estranhou a coordenadora. – Aconteceu alguma coisa?

A garota, com os olhos fixos no chão, respondeu após hesitar por um segundo:

– Saí de sala.

18%

– O que deu nesses meninos pra começarem o ano já aprontando? – resmungou a coordenadora Heloísa, enquanto procurava algo sobre a mesa. – Vou enviar o comunicado sobre o uso indevido de celular em sala. Fique aí até o fim da aula do Jader e, quando o sinal tocar, você volta.

Ariadne estava morrendo de vergonha. Era a primeira vez que saía de sala e levava comunicado para casa.

A coordenadora digitou algo no *notebook* e, em seguida, entrou na salinha à parte onde conversavam Danilo e a psicóloga Sophia.

A garota ouviu quando a psicóloga, antes de entrar na sala, perguntou ao garoto se o pai dele estava melhor. Danilo respondeu que sim. Depois, explicou que o pai bateu a cabeça com força no acidente, mas que, a princípio, não era nada grave.

Curiosa, Ariadne queria saber se a conversa do novato com a coordenadora e a psicóloga era só sobre isso mesmo ou se tinha mais coisa envolvida. Retirando o celular do bolso traseiro da calça, procurou Danilo nas redes sociais. Adicionou e seguiu.

19%

– Queria estar em casa jogando *video game*.

– Danilo?

– Oi – respondeu o garoto.

– Eu perguntei como está sua relação com seus pais – repetiu a psicóloga.

– Normal.

– Mas, depois da separação, alguma coisa mudou? – Sophia insistiu.

– Agora vejo menos meu pai. Posso ir ao banheiro?

– Você foi há menos de cinco minutos – relembrou a coordenadora.

– E tomar água?

– Seu copo ainda está cheio – Heloísa apontou.

O garoto se contorceu na cadeira.

– Não precisa se preocupar. Estamos aqui só para conversar – disse a psicóloga. – Nós sabemos também que você reprovou um ano e suas notas no ano passado não foram boas.

– Não gostava da outra escola.

– E desta? – quis saber a coordenadora.

– Ainda não sei direito. Quem escolheu foi minha mãe. É maior que a outra. E meu pai é quem tá se virando pra pagar.

Danilo percebeu quando as duas trocaram um olhar compreensivo.

– Isso não tem nada a ver – ele retrucou. – Eu sou normal. Meu pai também é. A gente não precisa de psicólogo.

– Seu pai faz terapia? – perguntou Sophia, demonstrando interesse.

– Não. Errei o nome. Ele só iria conversar com o neurologista, acho que é esse o nome, porque bateu a cabeça. Lá em casa todo mundo é normal. Só minha mãe que não entende.

O sinal tocou. Danilo se levantou e pediu quase suplicante:

– Me deixa voltar pra sala, por favor!

As duas autorizaram. Apressado, Danilo bateu a porta com muita força ao sair.

20% //

Assim que chegou em casa, Ariadne se jogou sobre a cama e esperou os aplicativos do celular atualizarem. Depois, conferiu se Danilo tinha aceitado sua solicitação de amizade ou se a estava seguindo de volta. Mas nada. Em seguida, verificou a quantidade de *views* do *vlog* e se havia algum comentário novo. Nada. Nem do Espelho Mágico nem de qualquer outra pessoa.

Quando ia largando o aparelho, viu uma nova notificação. Danilo aceitou seu pedido de amizade. Ela resolveu puxar conversa:

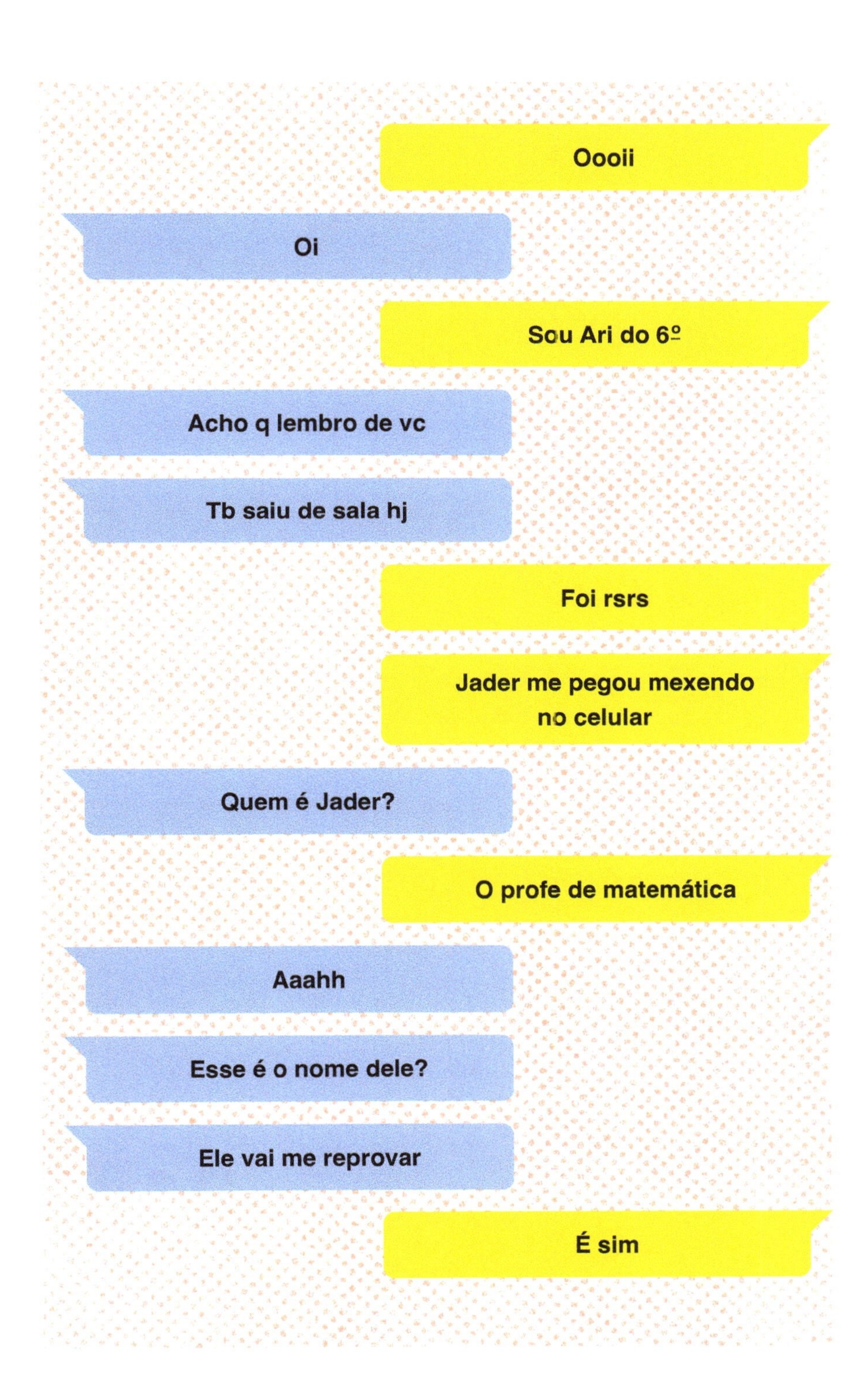
Oooii
Oi
Sou Ari do 6º
Acho q lembro de vc
Tb saiu de sala hj
Foi rsrs
Jader me pegou mexendo no celular
Quem é Jader?
O profe de matemática
Aaahh
Esse é o nome dele?
Ele vai me reprovar
É sim

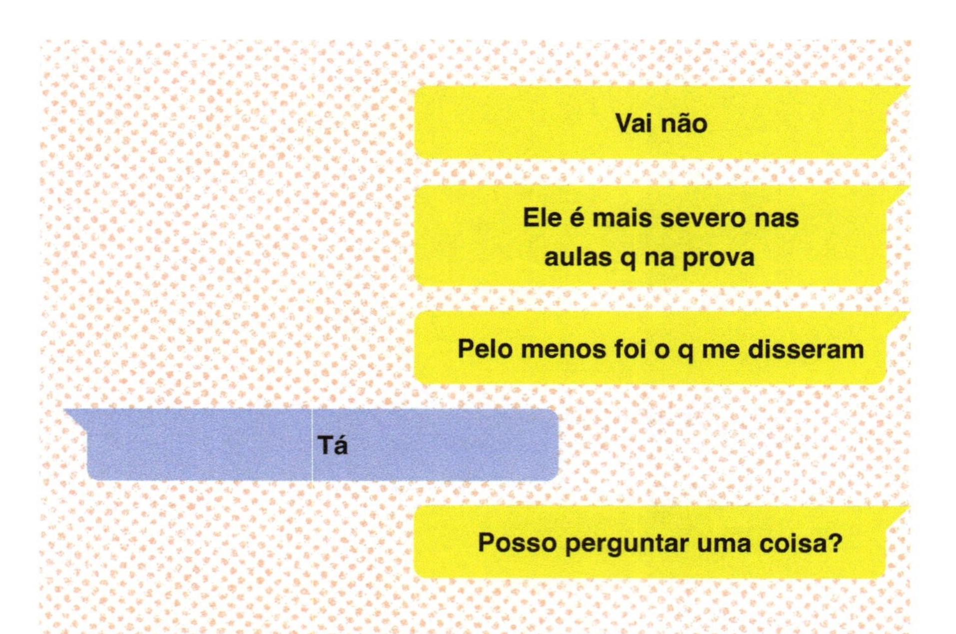

Ariadne queria perguntar sobre a história do acidente, mas preferiu não falar logo de supetão. Mas Danilo não respondeu.

Danilo?

Danilo???

O garoto saiu sem nem dar um tchau.

– Filha! O almoço tá pronto! – gritou a mãe da cozinha.

Ariadne bufou antes de soltar o celular.

21%

Danilo pegou o celular sobre a cama e respondeu:

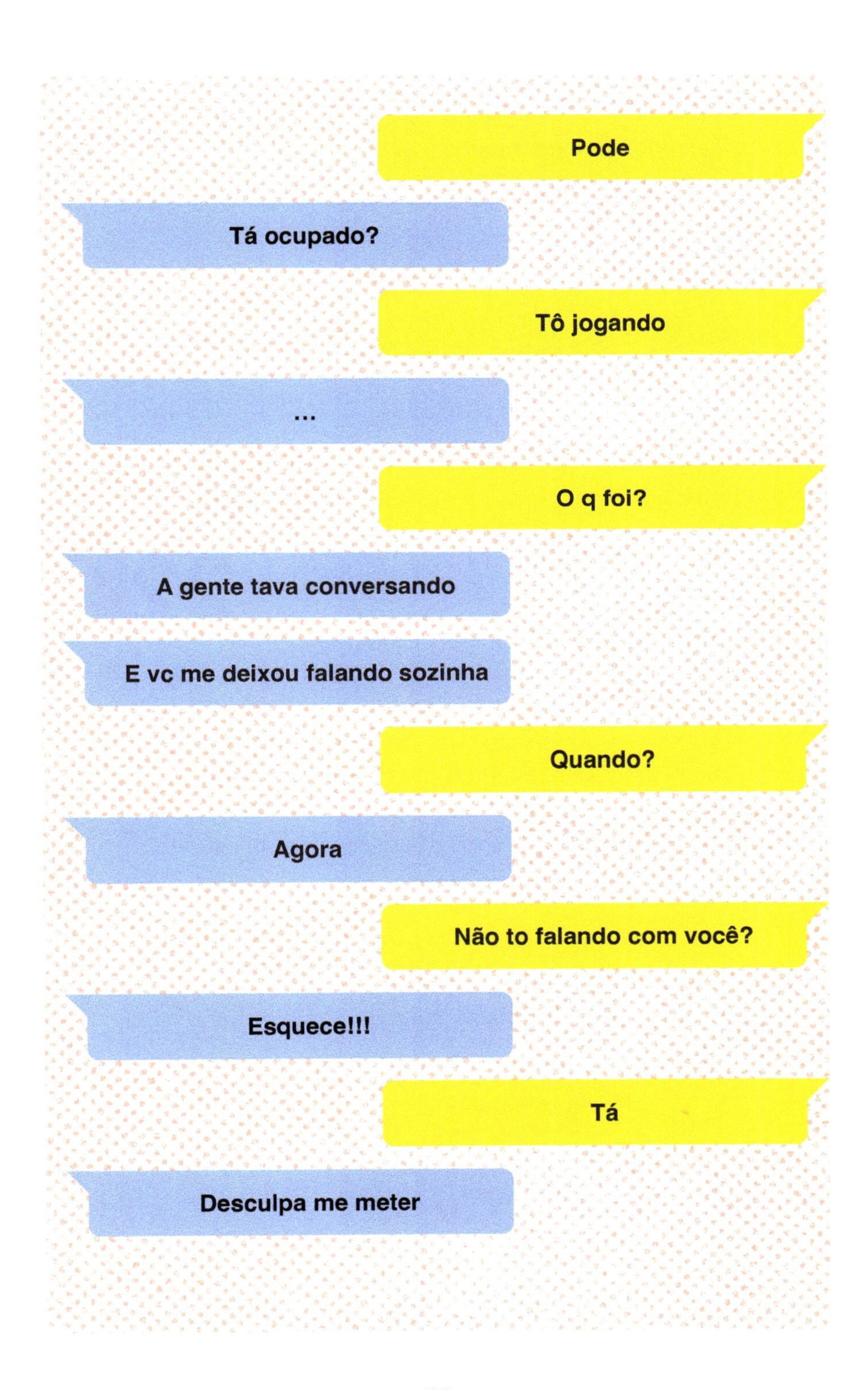
Pode
Tá ocupado?
Tô jogando
...
O q foi?
A gente tava conversando
E vc me deixou falando sozinha
Quando?
Agora
Não to falando com você?
Esquece!!!
Tá
Desculpa me meter

Mas ouvi quando a psicóloga perguntou sobre o seu pai

O que aconteceu?

Desculpa perguntar

Mas Danilo já tinha voltado a jogar e, em menos de 30 segundos, fez mais um gol! Placar: 2 x 0.

22%

– Me deixou falando sozinha de novo! – esbravejou Ariadne antes de jogar o celular sobre o travesseiro.

Levantou-se e, em seguida, procurou no meio das sacolas de livros, que agora estavam no quarto, a leitura passada pela professora. Encontrou *As aventuras de Tom Sawyer* e achou a letra pequena. Respirou fundo e, voltando a se sentar na cama, abriu o livro no prefácio. Leu.

Logo depois, o celular tocou notificando novas mensagens. A garota pegou o aparelho. Era Danilo.

Ele sofreu um acidente de carro

Bateu a cabeça

Mas vai ficar bem

Nossa!
Melhoras pra ele!
Vlw
Danilo?
Oi
Vc percebeu que me deixou falando sozinha de novo??
Eu??
Quem mais?
Mas eu não tô falando contigo agora?
Ai...
Não agora agora
Agora antes
Não entendi

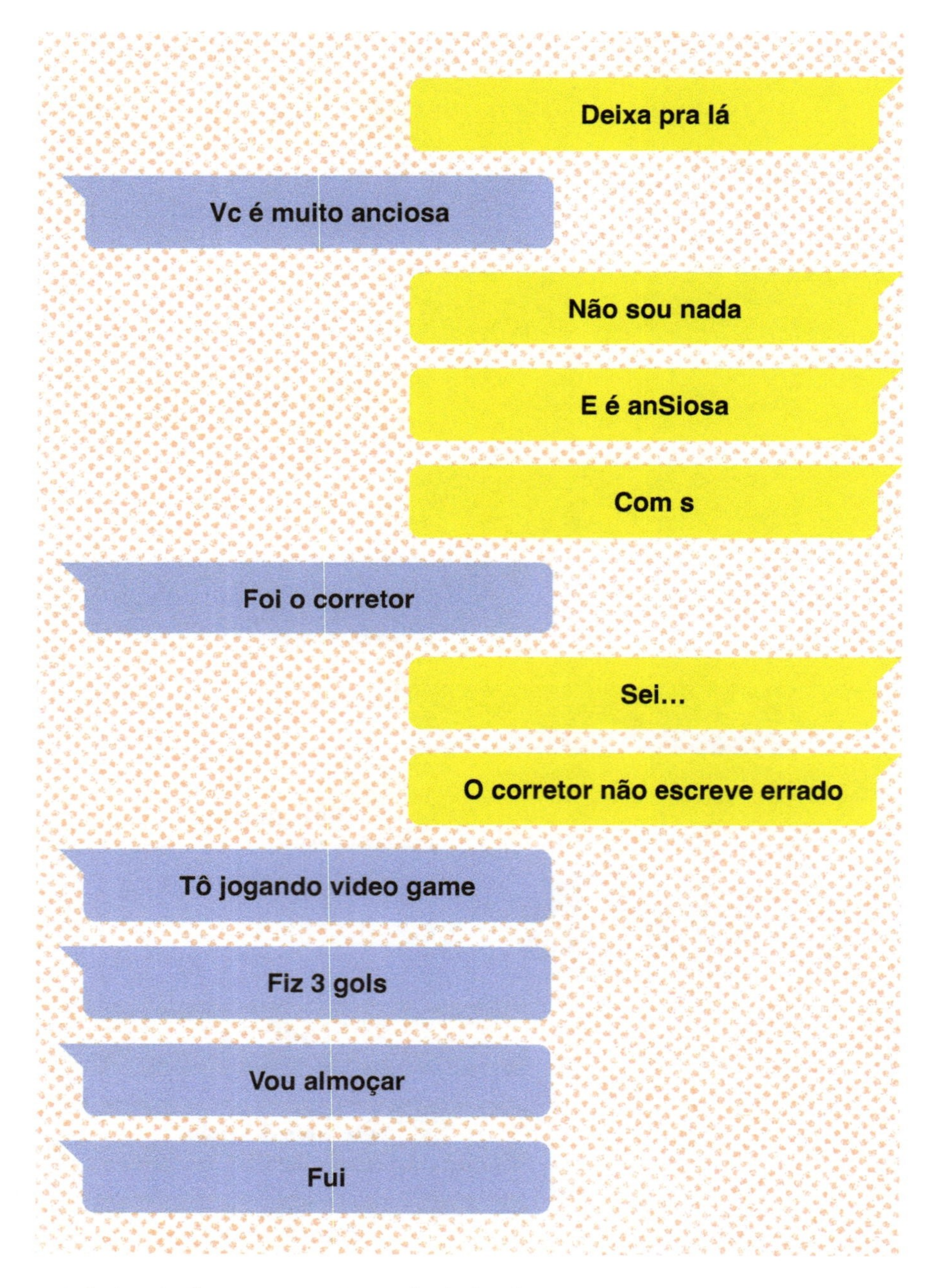

Ariadne bufou novamente e desistiu de escrever tchau. Abandonou o celular sobre a cama. Colocou o travesseiro às costas e iniciou o primeiro capítulo.

– Tom!

Nenhuma resposta.

– Tom!

Não se ouviu o menor som.

– Mas o que foi que aconteceu com esse menino? Não faço a menor ideia! Tom, onde é que você se meteu?

A garota riu. Parecia Danilo.

23% //

– Que fome!

A barriga de Danilo roncou de novo. Deu pausa no jogo e seguiu para a cozinha. No caminho, lembrou a correção que a colega de sala fizera. E pensou que, em breve, a nova turma iria chamá-lo de burro, cabeça de vento, desligado...

– Vô, o senhor esquentou o almoço?

Seu Davi balançou a cabeça antes de responder:

– Até já comi. Cansei de te chamar.

– Não ouvi...

– Acho que também nem viu quando fui ao seu quarto.

O garoto arregalou os olhos, surpreso. Realmente, não notara a presença do avô.

– Vou esquentar de novo. Mas já são quase duas da tarde – frisou seu Davi. – Pra jogar até que você se concentra mais que o normal. Agora para o resto... Vive com a cabeça na Lua!

Aluado.

Danilo se lembrou. Também o chamaram assim na escola anterior.

O garoto não soube o que responder. Mas a barriga sim. Roncou de novo. E dessa vez até o avô ouviu.

24% //

Hello, pessoal! Aqui é Ari e tá começando mais um vídeo do *FIOS DE ARIADNE*.
Não sei se vocês sabem, mas manter um canal dá muito trabalho. Quando comecei, não imaginava que era tanto. So-corro! Além de gravar e editar, isso quando o mundo não atrapalha nem você perde sem querer uma parte do vídeo, a gente tem que procurar sempre coisas novas. Aí, pensando no que trazer de novidade pra cá... Decidi começar hoje o Diário de leitura!
A ideia foi da minha amiga Gabriela, que lê muito e de tudo. Valeu, Gabi! Vou resenhar a partir desta semana alguns livros. Serei um pouquinho *BOOKTUBER* também. E o primeiro livro vai ser *As aventuras de Tom Sawyer*, do Mark Twain.
Na realidade, não fui eu quem escolheu esse livro. Foi a minha professora de Português. Vai ser a primeira leitura do ano da minha turma. Então, como dizia minha avó, vou matar dois coelhos com uma cajadada só!
Mas vamos ao que interessa. Qual é a história do livro? Com certeza, vocês já devem estar se perguntando aí. Como o próprio título já diz, o livro conta as aventuras de Thomas Sawyer, Tom para os mais íntimos, um garoto que mora numa cidadezinha inventada chamada São Petersburgo, às margens do rio Mississippi, lá nos Estados Unidos. Ainda tô no começo. Li apenas os dois primeiros capítulos. Mas já deu pra perceber que Tom é daqueles garotos impossíveis, sabe? Que não para quieto um segundo e vive aprontando.
A história começa com Tia Polly procurando esse garoto, que vive desobedecendo a suas ordens e fugindo pra brincar. E brigar. Meninos! Depois de brigar com um

garoto riquinho por bobagem, Tom fica de castigo. Tia Polly coloca Tom pra pintar uma cerca. Só que ele é muito esperto. O que faz, então? Finge que tá gostando do serviço pra deixar os meninos que passam na rua com vontade de pintar a cerca! E os bobos caem na conversa mole do garoto e fazem praticamente todo o trabalho.
Gostei de Tom! Com essa cabecinha criativa vai aprontar muito ainda. E pelo que li na quarta capa, ele vai presenciar um assassinato! Ui! Medo! No próximo vídeo, comento sobre, combinado?
Então, aguardem o próximo Diário de leitura! Curtam, comentem e compartilhem meu canal! Me ajudem na divulgação, pessoal! Beijinhos da Ari!
Ah, os outros vídeos com dicas de moda, penteados, maquiagem vão continuar também, tá?
Beijinhos da Ari de novo! E até mais!

25%

Anoiteceu.

Assim que avô e neto acabaram o jantar, a mãe de Danilo entrou no apartamento. Trazia um pequeno pacote de papelão.

– Boa noite, seu Davi – ela cumprimentou o avô do garoto e deu um beijo na cabeça do filho, entregando-lhe o pacote. – O correio trouxe hoje. É o livro que faltava da lista de material. Vai ler, viu, mocinho?

– E papai? – perguntou Danilo.

– Deve receber alta até sexta.

– Quando vou lá de novo?

– Melhor você esperar ele sair do hospital. Já que não vai demorar, pode aguardar um pouquinho.

Danilo fez um muxoxo.

– Vou pro quarto jogar.

– Vai ler! Olha o livro aí! Trate de tirar boas notas na escola nova, ouviu? Você não é mais criança para ficar me dando trabalho.

O garoto entrou no quarto, ligou a tevê e o *video game*. Pegou o celular. Ariadne tinha mandado uma mensagem. Um *link* para um vídeo no YouTube. Clicou.

– Oush! Ela tem um canal! E que livro é esse de que ela tá falando?

Rapidamente, Danilo abriu o pacote que a mãe trouxera e conferiu com o que a garota segurava: *As aventuras de Tom Sawyer*.

– É o mesmo! – comemorou.

E, após assistir o vídeo completo, digitou:

Muito bom! Não vou precisar mais ler o livro.

Somente nesse momento o garoto viu que alguém já tinha deixado um comentário antes:

Vídeo chato. Deu sono. Querendo bancar a inteligente agora?

A foto do perfil era o Gaston, personagem do desenho *A Bela e a Fera*. E o nome do usuário: CAÇADORVERDADEIRO.

26%

Mais uma segunda-feira chegou e, com ela, a terceira semana de aulas.

Ariadne respirou aliviada quando conferiu os comentários do canal e não encontrou nenhuma crítica. Aliás, nem crítica nem elogio novo.

Primeiro, o Espelho Mágico. Depois, o Gaston. Mas ambos devidamente bloqueados.

Mais uma segunda chegava e, mais uma vez, ela não tinha postado nada novo. Teria que gravar algo à tarde sem falta. No domingo, até que tentou, porém, muita gente em casa e várias interferências externas, como um cachorro latindo no apartamento vizinho e, depois, o som alto no andar de baixo, obrigaram a garota a desistir de gravar o novo vídeo do Diário de leitura.

Ariadne examinou o cabelo no espelho. Cacheado e volumoso. Lembrou-se do elogio da professora de Português no primeiro dia de aula.

Decidiu. O próximo vídeo seria assim: só receberia elogios.

27%

– A gente precisa conversar com a mãe dele – disse Lila à Heloísa na coordenação.

– Não – pediu Danilo. – Não chamem a minha mãe, não! Por favor!

– Infelizmente, temos que falar com ela – reforçou a professora de Português. – Você anda muito inquieto, para lá e para cá o tempo todo e quase briga com Robson.

– Não... – resmungou o garoto com uma careta.

– Danilo, entenda – Heloísa tomou a palavra. – Chamar sua mãe é para o seu bem. Quando um aluno novo não se comporta direito, não faz as atividades, ou seja, tem alguma dificuldade de adaptação, é nossa obrigação comunicar de imediato aos pais.

– Eu sei, eu sei... Mas ela vai dizer que não sei ficar quieto, que só dou dor de cabeça, que puxei meu pai... Queria morar com meu pai pra ficar livre das cobranças da minha mãe – confessou e, em seguida, estendeu a folha de produção textual ainda em branco. – Se eu terminar, a senhora não chama minha mãe?

Heloísa olhou para Lila. A professora de Português negou com um movimento de cabeça e asseverou:

– Vamos conversar com ela, sim!

28% //

– Você não tinha nada que jogar bolinha de papel em Danilo – disse Ariadne para Robson assim que a segunda aula terminou.

– Ui! – fez o garoto zombeteiro. – Por que tá tão preocupada com o novato? É a namoradinha dele?

Ariadne não respondeu. Sabia que se reclamasse da brincadeira seria pior. Aí é que ela pegaria de vez. A garota fingiu que não escutou. Prosseguiu:

– Vi quando você atirou a bolinha de papel na hora em que ele tava pegando uma caneta emprestada com a Gabi.

– Ele sempre pega e perde as coisas dos outros – afirmou Robson. – Nunca traz nada. Perde tudo. Muito esquecido esse menino – riu. – E nem pedindo ele tá mais. Vai pegando mesmo. Mal-educado esse garoto. Vinícius e Kenji já estão com o estojo desfalcado.

– Minhas coisas ele não perde porque eu cobro no final da aula. Aí, não tem como esquecer. Mas escuta: da próxima vez, quando Lila perguntar se alguém viu alguma coisa, eu não vou ficar calada, OK? Se essa brincadeira sem graça se tornar repetitiva é *bullying*, sabia?

– Qualquer brincadeira agora é *bullying*...

– Toda brincadeira má é! – disse Ariadne após virar as costas para Robson e sair pisando firme.

29% //

Danilo batia com a ponta do lápis na testa sem saber o que escrever. A professora tinha pedido como proposta de produção textual um conto com temática livre, ou seja, eles poderiam criar um personagem ou até mesmo contar uma história que viveram. A única exigência era que fosse uma narrativa de aventura, assim como o livro do semestre: *As aventuras de Tom Sawyer*.

O garoto olhou para o relógio. Faltavam quinze minutos para o intervalo. Mas não se lembrava de nada em especial. Se ele conseguisse inventar algo... Teve uma ideia! Escreveu na folha:

O RELÓGIO

30% ///

– Quando sai o novo vídeo sobre o livro? – perguntou Danilo parando em frente à Ariadne.

– Você não foi expulso ainda? – inquiriu Milena, ao lado da amiga. As duas e Gabriela voltavam da cantina mordiscando seus lanches.

Como Ariadne demorou a descer para o intervalo, o trio ficou sem mesa para se sentar.

– Fiz bem rapidinho a produção textual e a coordenadora me liberou para lanchar – Danilo respondeu. – Vou voltar pra sala depois do intervalo. Minha mãe vem amanhã. Mas e o vídeo?

– Acho que hoje – disse Ariadne sem muita certeza. Faltava gravar, editar, fazer o *upload* no YouTube...

– Viu? – disse Gabriela para a amiga. – Falei que o pessoal iria gostar de um diário de leitura.

O garoto explicou:

– Na verdade, é que eu não li o livro ainda. E a professora de Português perguntou se eu já tinha começado e em que capítulo tava. Como já tava com o filme queimado, menti, dizendo que li dois e que tava gostando. Contei tudo aquilo que você disse no vídeo. Até da história lá de Tom pintando a parede.

– Cerca – corrigiu Ariadne.

– Isso. Então ela falou que volta e meia vai me perguntar como anda a leitura. Aí, se você postar um vídeo de vez em quando me poupa o trabalho de ler o livro, entende?

Milena riu.

Gabriela revirou os olhos.

Ariadne não sabia o que dizer. A intenção não era essa. E Danilo não entendeu muito bem a reação das meninas.

Nesse segundo, Robson passou próximo ao quarteto e fez um coraçãozinho com as duas mãos.

– Por que ele tá fazendo isso? – perguntou Danilo.

Ariadne achou melhor fingir que não fazia ideia. Deu de ombros.

31% ///

Danilo jogava no celular enquanto esperava o avô buscá-lo, quando uma folha surgiu na sua frente. Foi Lila quem a estendeu.

– Corrigido! Até que para quem fez de última hora ficou muito bom! Como disse em sala, valia dois pontos. Mesmo com uns errinhos, recebeu a pontuação máxima. Você é muito criativo, Danilo.

O garoto pegou a produção e releu, acompanhando as correções:

O RELÓGIO

O doutor Danilo ~~desseu ancioso~~ desceu ansioso do trem. Viajou horas e horas para chegar ~~no~~ ao país dos relógios. Tirou do bolso o relógio que ganhara do seu avô.

O relógio era de ouro. Um ladrão passou correndo e ~~pegou o relógio~~ pegou-o.

O doutor Danilo não ficou com medo e correu atrás do ladrão. Esbarrou em muitas pessoas, mas ~~perdeu ele~~ perdeu-o de vista. Sentou no chão com vontade de chorar. Foi quando viu a loja do ~~consertador de relógios~~ relojoeiro mais famoso da região.

Entrou na loja e contou a história toda. O ~~consertador de relógios~~ relojoeiro disse que aquele ladrão era conhecido. Vivia roubando os turistas.

O doutor Danilo teve uma ideia. Pegou o trem ~~pro~~ para o país vizinho, comprou um relógio de ouro falso lá e voltou ~~pro~~ para o país dos relógios no dia seguinte.

~~O doutor Danilo desseu~~ Ele desceu do trem e tirou o relógio do bolso. O ladrão passou correndo e caiu porque o doutor Danilo colocou a perna.

Esqueceu as vírgulas

O doutor Danilo tirou uma corda da maleta, ele só viajava de maleta e corda ~~pra~~ para o caso de alguma emergência, amarrou o ladrão e levou ~~pra~~ para a cadeia. Lá o ladrão contou ~~aonde~~ onde escondeu o relógio de ouro, o doutor Danilo foi lá com a polícia, ~~pegou o relógio~~ pegou-o e levou para o ~~consertador~~ relojoeiro e voltou pra casa no mesmo dia porque não tinha ~~mas~~ mais nada ~~pra~~ para fazer ali.

Não precisa colocar!

~~Fim~~

Danilo, amei seu texto! Muito criativo!

O doutor Danilo foi muito esperto!

Só três dicas da Lila:

a) "pra" e "pro" são informais, por isso se não for diálogo "para" e "para o" ficam melhor;

b) "onde" é usado para lugar fixo e "aonde" para dar ideia de movimento, como na pergunta "Aonde você vai?";

c) muita gente confunde, mas "ansioso" é com a letra "s". E não se esqueça de observar as outras palavrinhas que marquei, combinado?

Bj da Lila!

– Português é muito difícil – resmungou Danilo.

32% ///

Hello, pessoal! Aqui é Ari e tá começando mais um vídeo do *FIOS DE ARIADNE*!

E aí, quem tá acompanhando o Diário de leitura e lendo também? Falem o que tão achando do livro nos comentários. Vou ler com carinho, tá?

Mas vamos ao que interessa. Continuei a leitura. Esses dias foram meio corridos e terminei o Capítulo 7. Tom continua aprontando todas, mas agora se apaixonou. Foi amor à primeira vista. Mas ele se apaixonou tão rápido que até esqueceu a paixão antiga dele. Sei não, viu, Tom? Ele largou a Amy Lawrence, que continua gostando dele, para conquistar a filha do juiz Jeff Thatcher, a Becky Thatcher.

Vai até conseguir uns cartões pra trocar por uma Bíblia pra tentar impressionar o pai da garota. Mas como ele não gosta muito de estudar nem parece ser muito religioso, ele erra uma pergunta bem bobinha que o juiz faz.
Agora alguém dá uma aula de como se namora pra esse garoto? Tom, criançāo, fica fazendo criancices pra conquistar Becky. Sei não, viu? Mas ele também é romântico e, durante uma aula, dá um pêssego pra garota. E, depois da escola, eles marcam de se encontrar. E vai ter o primeiro beijo. Antes, porém, rola um beijinho indireto. Essa foi a parte mais nojentinha do livro até agora. Acontece o seguinte: Tom diz que gosta de ratos. Vê só! Becky de chiclete. Ele diz que gosta também e que queria, mas não tem. Ela diz que tem e que podem dividir. MAS MINHA GENTE! So-corro! Ela dá pra ele, que mastiga um pouquinho e depois devolve pra ela. Ela mastiga um pouquinho e passa pra ele de novo. So-corro! Eles não sabem dividir ao meio, não?
Enfim... Depois rola um beijinho decente. Só que Tom deixa escapar o nome da ex. Aí... É briga, né?
E, então, o que será que vai acontecer? Será que Tom e Becky vão fazer as pazes? E o assassinato que ainda não ocorreu, em que capítulo vai ocorrer? E de quem será?
Aguardem o próximo Diário de leitura da Ari! Enquanto isso, curtam, comentem e compartilhem meu canal! Me ajudem na divulgação, pessoal!
Beijinhos! E até mais!

33% ///

Na terça-feira, na sala de reuniões da Coordenação, estavam sentados de um lado, a professora de Português, a coordenadora e a psicóloga do Fundamental II do colégio; do outro lado, Danilo e a mãe.

– Este menino só me dá dor de cabeça! Meu chefe já tá perdendo a paciência com minhas faltas e eu com esse garoto.

– Calma, mãe – pediu Lila. – Estamos aqui para ajudá-la.

– Eu não preciso de ajuda! – intrometeu-se Danilo.

– Não seja mal-educado – repreendeu a mãe visivelmente constrangida.

– Bem... – Heloísa começou. – Em apenas duas semanas de aula, seu filho recebeu oito comunicados. Um número bastante alto. Quase a média de um por dia. Mas uma observação que a professora Lila nos fez ontem a partir de uma conversa conjunta que tivemos com nossa psicóloga, nos obrigou a convocar a senhora.

– Pelo que conversei com outros professores também – acrescentou a psicóloga. – Danilo tem bastante energia, se movimenta muito em sala de aula, vive esquecendo o material didático, não termina as atividades em sala e, volta e meia, é flagrado fazendo outras coisas, ou brincando com os colegas de turma ou jogando no celular.

– Esse menino é tão disperso e esquecido quanto o pai – explicou a mãe. – Puxou esse gene ruim dele. Mas vocês têm que ser pulso firme que nem eu.

Danilo percebeu que, quando a mãe falou *pulso firme*, encarava a professora de Português. Talvez porque ela fosse a mais nova no grupo.

– Não, mãe – respondeu Lila controlando a voz. – Não estamos aqui para discutir a minha didática, se sou *pulso firme* ou não com meus alunos. Estamos aqui para falar de Danilo. E se ele apresentar o que realmente acredito, não serão castigos, punições ou *pulso firme* que vão resolver.

– Você fala como se ele estivesse com alguma doença – disse a mãe.

– Hã?! – fez o garoto assustado.

– Não é doença – negou a psicóloga.

– Mãe – a professora de Português retomou a palavra. – Acreditamos que seu filho precisa de um acompanhamento clínico. Ele parece ser TDAH.

34% ///

Aproveitando a troca de professores, Ariadne acessou o canal para conferir os *views* e os comentários do novo vídeo. E levou a mão à boca ao ler:

Corte o cabelo! Corte o cabelooo!!

Com o nome de RAINHAHONESTA. O comentário fora deixado pela Rainha de Copas do desenho animado *Alice no País das Maravilhas*.

35% ///

– TDAH? – repetiu a mãe.

– Sim – confirmou Lila. – É claro que o diagnóstico só poderá ser feito por um psiquiatra...

– Eu não sou louco! – levantou-se Danilo. – Eu não sou louco! Não preciso de psiquiatra!

– Vocês querem que meu filho tome remédio tarja preta? Ele não precisa disso. O que ele tem é sa-fa-de-za! Mau comportamento, isso sim. Ele precisa é de pulso firme. Foi criado quando pequeno pelo avô. Aí, é assim: mimado.

– Veja, mãe – disse Sophia –, se seu filho for mesmo TDAH, ele precisará efetivamente de um profissional da área. E só ele poderá prescrever ou não alguma medicação.

– Você não é psicóloga?

A vergonha pelo comportamento da mãe deixava Danilo ainda mais nervoso.

– Sim, sou.

– Esse colégio é muito caro! Seu atendimento não deveria cuidar disso também? Ano passado, esse menino estudou num colégio de bairro, muito menor. Neste ano em que meu ex-marido foi promovido, colocamos nosso filho neste colégio, que prometia um atendimento completo, individualizado. Mas acho que vocês estão se recusando a fazer isso! Achava que os professores daqui eram mais experientes para lidar com a indisciplina dos alunos. Agora querer que eu leve meu filho para o psiquiatra?

– Não misture as coisas, por favor – o garoto notou quando a professora de Português olhou nos olhos de sua mãe. – Há responsabilidades do colégio e há responsabilidades suas, dona Fabiana. E se a senhora ama mesmo seu filho, vai buscar as alternativas necessárias para que ele seja um melhor aluno na escola e um melhor filho em casa. Afinal, como a senhora mesma colocou, aqui não é o único local onde ele anda tendo problemas de comportamento.

Danilo engoliu em seco. Depois de tudo aquilo que a professora dissera, ele tinha certeza de que sua mãe iria tirá-lo da escola.

36% ///

Corte o cabelo!

Aquela frase martelava na cabeça de Ariadne. Que maldade!

Corte o cabelo!

Enquanto a professora de Português conectava o *notebook* ao *data show*, a garota brincava com uma mecha. A visão do celular sobre o caderno fazia a testa dela franzir.

Ariadne sentia muito orgulho dos fios. Nem pensava em fazer algo do tipo. E desde o ano passado deixara de alisá-los. E foi justamente no mesmo período em que decidiu criar um *vlog*.

A garota sempre acompanhou diversos adolescentes com seus canais no YouTube e se perguntava se um dia também não poderia fazer o seu. Quando a mãe comprou uma câmera fotográfica profissional para registrar as fotos do aniversário de 11 anos, Ariadne viu ali a possibilidade de gravar seus primeiros vídeos.

Mas ainda não tinha escolhido o nome para o canal.

Por coincidência, a prova de Português da quarta unidade do colégio trouxera o mito do labirinto do Minotauro, que tinha uma personagem com nome idêntico ao seu. Mas disso ela já sabia. A mãe contou várias vezes essa história quando ela era pequena. O que mais chamou a atenção da garota nessa nova leitura foi o fato de Teseu ser considerado o único herói. Ela discordou. Tudo bem que Teseu matara o monstro, fora corajoso e tal, mas foi Ariadne, sua xará, que com inteligência ajudou o guerreiro a sair do labirinto. Do que adiantaria vencer o Minotauro sem encontrar o caminho de volta? Faminto e perdido, o herói morreria de todo jeito.

A ideia do fio tinha sido ótima. E, assim como as ideias, os fios, ou melhor, os cabelos também saem da cabeça. Foi pensando nisso que Ariadne encontrou um nome para o seu *vlog*: *Fios de Ariadne*.

Melhor impossível!

37% ///

Após a reunião, Danilo e a mãe voltaram para casa. Ela estava com muita dor de cabeça e avisou ao filho que iria se deitar um pouquinho. O garoto assentiu e foi para o quarto.

Sentou-se na cama e pegou o caderno. Tinha que escrever o segundo resumo para entregar à professora.

Pegou o celular para ver se Ariadne havia postado um vídeo novo. Enquanto o aplicativo atualizava, abriu o caderno e escreveu no topo da página: TDAH.

Já ouvira aquela sigla. Mas o que significavam mesmo aquelas letras? Escreveu:

Tá tuDo errAdo comigo.

Mas faltou o H.

Tadeu Duarte Atrasou uma Hora.

Ficou na dúvida se poderia ter uma ou a no meio.

Tô Doido. Amanhã Hospício.

– Danilo??

Somente nesse momento foi que o garoto percebeu metade do corpo da mãe na porta entreaberta.

– A senhora não disse que iria dormir? – ele perguntou.

– Recebi uma mensagem do seu pai.

– Aconteceu alguma coisa?

A mãe leu no celular:

38% ///

Já no finzinho da aula, Ariadne viu quando Lila projetou no quadro a capa do livro *As aventuras de Tom Sawyer*. E perguntou com um sorriso:

– Quem já está lendo?

Poucos alunos levantaram a mão.

– Ah, não acredito! Vocês não sabem o que estão perdendo! Essas aventuras estão esperando por vocês! Mas, dos que já estão lendo, quem está gostando?

Ariadne iria levantar a mão quando viu Gabriela erguer a dela primeiro.

– É muito bom, professora! – disse a amiga entusiasmada. – Tô já terminando.

– Muito bem, Gabriela – elogiou a professora. – Então, você sabe que Tom, nosso amigo aí do livro, vive essas confusões todas perto de um rio. Qual é mesmo o nome?

– Mississippi – respondeu a garota.

– Muito bem! – E a professora projetou na tela uma foto do Mississippi. – Mark Twain, o autor do livro que vocês estão lendo, viveu sua infância às margens desse rio americano. – Ela projetou uma foto do autor no quadro. – Agora, não sei se vocês sabem, mas o poeta que dá nome ao nosso colégio escreveu alguns poemas sobre um rio bem nosso. – E foi a vez de mostrar uma estátua do poeta João Cabral de Melo Neto no centro do Recife. – Alguém sabe como se chama esse rio?

Ariadne estava curiosa para saber aonde Lila pretendia chegar com tudo aquilo. Por isso, não perdeu tempo para responder:

– Capibaribe.

– Exato! – E a professora projetou na tela uma foto do rio. – Se Tom Sawyer, Huckleberry Finn e Joe Harper têm o Mississippi para suas aventuras, nós temos o Capibaribe.

– Isso quer dizer passeio pedagógico, professora? – Milena indagou antes que qualquer outro aluno pudesse perguntar algo.

Ariadne viu quando Lila deu um sorriso que valia por um sim.

39% ///

– Tô com fome, vô – avisou Danilo ao entrar na cozinha no meio da tarde.

– Quer que eu faça uma vitamina de banana com achocolatado?

– Quero – o garoto respondeu e se sentou à mesa.

Mas não era apenas lanchar o que o garoto queria. Ele também queria conversar. Esperou que o avô colocasse os ingredientes no liquidificador antes de falar:

– Vô?

– O que foi, Danilo?

– Dou muito trabalho?

– Bastante – respondeu seu Davi com uma risada.

– Vô! – ralhou o garoto.

– Toda criança dá trabalho. Você não seria diferente.

– Mas os outros meninos não recebem tanta bronca nem ficam tanto de castigo quanto eu.

– Todo mundo é diferente. Espera – pediu e ligou o liquidificador. Quando a vitamina terminou de bater, prosseguiu. – Ninguém vai ser igual ou deve ser igual a ninguém.

– Mas a mãe diz que eu não paro quieto, não me concentro em nada...

– Isso é verdade! Sua bateria fica 100% carregada as 24 horas do dia.

Danilo aceitou a vitamina que seu avô lhe estendeu.

– Mas você se concentra, sim. Quando está jogando *video game* se esquece do mundo.

O garoto teve de concordar. Pena que não fazia o mesmo na escola. E se perguntava por que não conseguia se controlar.

Hello, pessoal! Aqui é Ari e tá começando mais um vídeo do *FIOS DE ARIADNE*!
GENTE! So-corro! Agora a coisa ficou séria.
Mataram o doutor Robinson! E sabe onde? No cemitério! E quem tava lá pra ver tudo? Tom Sawyer e seu amigo Huck Finn que, querendo bancar os meninos corajosos, foram aprontar lá mais uma das suas.
Mas, voltando ao assassinato que eles presenciaram...
Quem matou foi... ATENÇÃO! Alerta de *spoiler*! Foi Injun Joe.
Só que ele fez de um jeito pra Muff Potter, um beberrão, como dizia minha avó, acreditar que matou o outro enquanto tava embriagado. Vê só!
O pior é que os meninos tão morrendo de medo de contar o que viram pra polícia. Porque, se Injun Joe descobrir, com certeza vai querer se vingar dos dois.
Muff Potter acaba se entregando e Tom, com a consciência pesada, leva comida

para a cadeia enquanto o dia do julgamento não chega.
E, para completar a triste situação do nosso amigo, Becky não tá indo mais pra escola. Ou seja, qualquer possibilidade de reconciliação entre os dois tá muito difícil. Vocês lembram, né? Eles brigaram porque Tom trocou as bolas e chamou Becky pelo nome da ex. Ai, Thomas Sawyer...
Agora, o que vai acontecer? Só lendo ou esperando o próximo vídeo pra descobrir!
Então, aguardem o próximo Diário de leitura da Ari!
Enquanto isso, curtam, comentem e compartilhem meu canal! Me ajudem na divulgação, pessoal!
Beijinhos! E até mais!

41% ////

Na quarta-feira, a primeira aula da manhã era de Educação Física. E Danilo chegou ao colégio com a camiseta e o calção do fardamento oficial.

Ao chegar à quadra, viu o professor Miguel – o nome estampado nas costas da camisa ajudava a memória – indicando a saída para as meninas, que deveriam seguir outra professora.

Na aula de Educação Física, a turma se dividia.

– A modalidade de hoje vai ser futebol – avisou o professor.

Em seguida, indicou um menino que Danilo não sabia o nome e Robson para serem os capitães dos times. Eles foram escolhendo os colegas de sala um por um. O primeiro time ficou completo. Faltava apenas mais um menino para fechar o segundo. E restavam Danilo e Kenji.

Robson escolheu Kenji. Danilo teria que aguardar por uma substituição no banco de reservas.

Emburrado, saiu pisando duro. Próximo ao banco, viu uma bola. Chutou-a com força. Acertou Ariadne em cheio.

42% ////

– Ai! – foi o grito que Ariadne soltou após o braço direito ter sido atingido por uma bolada.

Gabriela e Milena, que estavam ao seu lado, logo se preocuparam:

– Você tá bem?

– Machucou?

Quando olhou para o lado de onde a bola viera, a garota viu Danilo se aproximando:

– Só podia ser o novato – disse Milena.

– Você tem que contar ao professor – falou Gabriela.

Ariadne esfregava a mão no braço direito sem saber o que dizer.

– Desculpa! Desculpa! – pediu o garoto.

– Você fez de propósito – reclamou Milena.

– Não! – ele se defendeu. – Chutei sem querer. Não queria machucar você.

– Ai... – Ariadne gemeu mais uma vez sem saber o que fazer.

O professor de Educação Física se juntou ao grupo. Preocupado, perguntou:

– Você tá bem? – E depois se voltou para Danilo. – Os alunos me contaram o que aconteceu. Você vai para a Coordenação agora.

A garota viu quando o colega de turma, visivelmente chateado, deu um chute no ar.

43% ////

– Por favor, Heloísa! – pediu Danilo pela milésima vez. – Não manda comunicado pra minha mãe, não, por favor!

– Infelizmente, não posso atender ao seu pedido – respondeu a coordenadora digitando o texto no *notebook*. – Você machucou uma colega de sala dessa vez. Isso é grave!

– Já falei que foi sem querer!

– Pelo que entendi, a força que você aplicou no chute pareceu bem intencional.

– Tô errado. Eu sei. Mas não foi por maldade. Sigo até o *vlog* dela!

A coordenadora parou de digitar por um segundo.

– *Vlog*?

– Isso – respondeu Danilo. – Ariadne tem um canal no YouTube. Faz vídeo de um monte de coisa. Até sobre o livro do bimestre, do menino com nome estranho, ela tá fazendo.

– Hum... – fez a coordenadora.

– Entendeu? Não tenho nada contra ela. Por favor, não manda comunicado. Ela até já aceitou meu pedido de desculpas.

A coordenadora balançou a cabeça para um lado e para o outro como se pensasse. Depois disse:

– Infelizmente, tenho que mandar, Danilo.

O garoto desabou sobre a cadeira. E soltou:

– Só faço...

– Epa! Olha o vocabulário na minha sala! – censurou a coordenadora.

44%

Assim que desceu para o intervalo, Ariadne viu Danilo sentado num banco da quadra. Passou a mão no braço direito, que agora não doía mais. Decidiu falar com o colega de sala. Pediu às amigas que fossem para a cantina na frente.

– Foi suspenso? – Ariadne perguntou ao se aproximar de Danilo.

Ele lanchava compenetrado, por isso respondeu de boca cheia:

– Mandaram um comunicado pra minha mãe de novo – falou e deu outra mordida na coxinha.

A garota hesitou em prosseguir com a conversa.

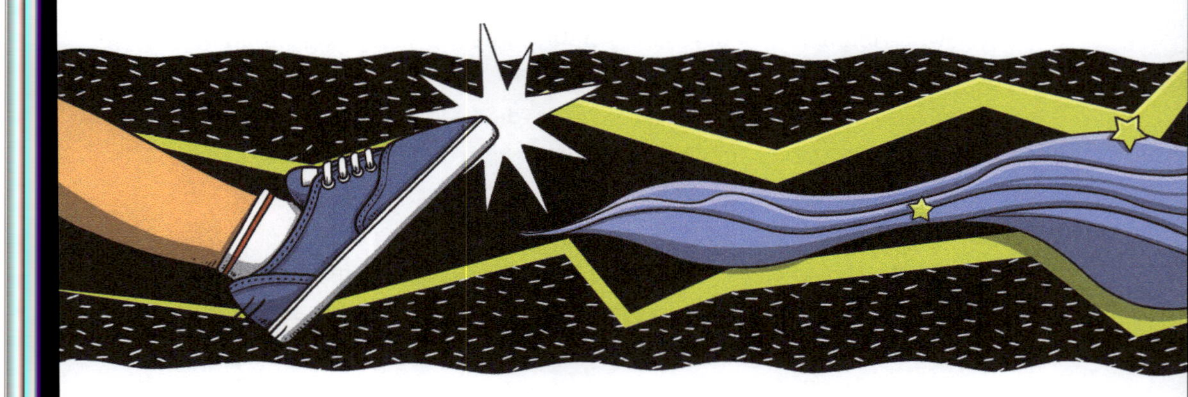

– Vi seu comentário lá no canal – disse após um tempo. – Respondi.

– Foi? Nem vi... – disse o garoto.

– Eu leio todos os comentários.

– Eu nem olho isso.

Ariadne considerou Danilo muito chato. Ia se afastando quando ele a interrompeu:

– Espera.

– O que foi?

– Postaram um comentário estranho outro dia...

– Tá falando de qual deles?

– Teve mais? Só vi um... Acho que era de um caçador...

– Gaston de *A Bela e a Fera*?

– Agora que você falou foi que me lembrei de qual desenho ele era.

– Foi o segundo comentário negativo que recebi – contou Ariadne. – O primeiro foi do Espelho Mágico, da *Branca de Neve* e, depois, ainda teve a Rainha de Copas, da *Alice*. Parece que tem um engraçadinho fã dos filmes da Disney deixando uns comentários desnecessários.

– Hã? – fez o garoto. – Não entendi...

– Deixa pra lá – suspirou a garota. – Vai ter sempre alguém pra criticar qualquer coisa. Mas isso não pode deixar a gente pra baixo.

Danilo fez dois movimentos de cabeça, concordando. Em seguida, tomou a garrafinha de refrigerante de uma só vez. E arrotou alto, caindo na risada.

Ariadne se afastou diante da falta de educação do garoto.

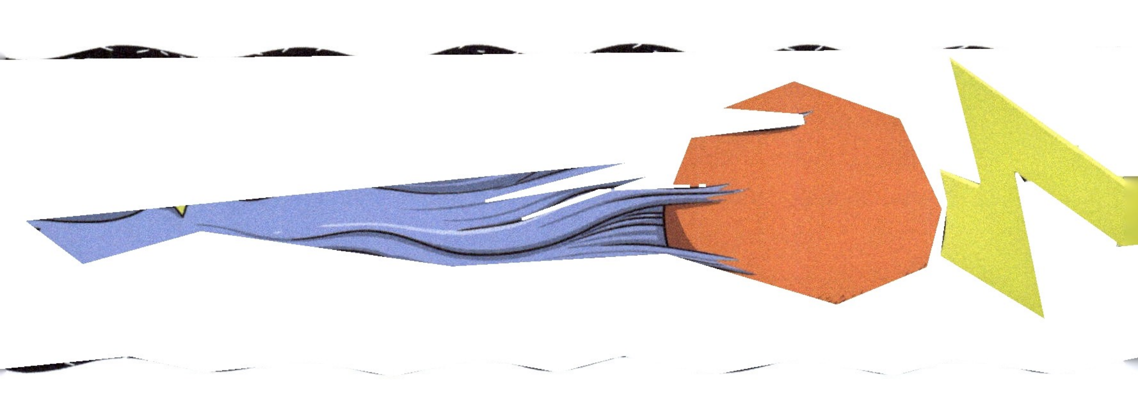

45% ////

Danilo viu no celular as duas chamadas perdidas do pai. Tinha sentido o celular vibrando na calça, mas, como a última aula do dia era de Matemática, achou melhor deixar o aparelho no lugar para não correr o risco de receber outro comunicado. Quase no portão do colégio, escutou:

– Olha a bola! Olha a bola!

O garoto se encolheu todo. Foi quando viu Robson pulando quase em cima dele.

– Sacanagem – reclamou Vinícius.

– Se o professor tivesse me colocado como o outro capitão, eu teria te chamado pro meu time – disse Kenji.

– Sacanagem foi Robson ter me deixado sobrando – reclamou Danilo.

– O time é meu e decido quem joga – Robson deu de ombros. – Nunca vi você em campo pra saber se é mesmo bom de bola – disse e se afastou para ir embora. – Tchau, pessoal!

– Não liga pra ele, não – disse Vinícius. – Esse jeito de mau é só pra assustar. No fundo, ele é gente boa.

– Vocês vão ficar amigos logo, logo – sentenciou Kenji.

– Não sei, não...

O garoto sentiu uma mão lhe tocando o braço. Voltou-se estranhando. Era Ariadne.

– Seu pai chegou – ela disse.

46% ////

– E desde quando você conhece meu pai? – inquiriu Danilo.

– Eu não conheço – respondeu Ariadne. – Na realidade, a menina do portão tá chamando seu nome no microfone há um tempão. E, quando eu ia saindo, um homem perguntou se eu tinha visto "Danilo, um novato do 6º ano". Só pode ser você.

Ariadne então esticou o braço para indicar o pai do colega de sala na portaria. Danilo se dirigiu ao portão do colégio, porém nem se despediu dos amigos ou agradeceu o favor dela.

– Menino mal-educado – reclamou Ariadne para Gabriela e Milena a seu lado.

– Os meninos são todos assim – sentenciou Milena. – E esse é o recordista em furar a fila da cantina.

– Mas sempre há exceções – contra-argumentou Gabriela. – Não podemos generalizar que todo menino é igual.

– Se os meninos fossem um pouquinho como a gente, o mundo seria um lugar muito melhor para se viver – asseverou Ariadne.

– Faz um vídeo – sugeriu Milena.

– Isso! – concordou Gabriela. – Se os meninos fossem como as meninas! Vai ser divertido!

Ariadne pensou por uns segundos e resolveu:

– Vou fazer sim!

47%

Após procurar um pouco, Danilo e o pai conseguiram se sentar numa das mesas da praça de alimentação do *shopping* que, àquela hora, estava barulhenta e lotada.

Deram algumas garfadas no almoço sem falar nada. Depois, o pai do garoto puxou o assunto:

– Sua mãe disse que você não quer ir ao psiquiatra...

– Não sou doido! – cortou o garoto.

– Mas psiquiatras ou psicólogos não cuidam somente de doidos – explicou o pai. – Todos nós, de alguma forma, precisamos.

– Essa conversa tá estragando nosso almoço – criticou o garoto.

O pai riu antes de prosseguir:

– Acho que sua mãe contou que sou TDA, confere?

– Hum-hum – fez Danilo de boca cheia.

– E, pelo que entendi, as professoras lá do colégio suspeitam que você tenha uma letrinha a mais: TDAH.

– A gente vai falar mesmo sobre isso? – o garoto queria fugir do assunto.

– Vai – respondeu o pai com firmeza. – E daqui vamos para o psiquiatra. Já agendei sua primeira consulta.

– Não!

– Vamos eu e você. Tal pai, tal filho. Já ouviu o ditado: filho de peixe, peixinho é?

48% ////

Hello, pessoal! Aqui é Ari e tá começando mais um vídeo do *FIOS DE ARIADNE*!
E o tema do vídeo de hoje é: SE OS MENINOS FOSSEM COMO AS MENINAS.
Já pensaram como o mundo seria mais tranquilo se os meninos seguissem pelo menos um pouquinho nosso exemplo?

Eu acho que o intervalo seria menos conturbado e todo mundo poderia atravessar a quadra sem correr o risco de ser atingido por uma garrafinha de refri vazia ou até mesmo uma bola.
Acho que a gente não sofreria as consequências de uma brincadeira de "briga" que derruba água ou qualquer outro líquido em cima do seu livro ou caderno.
E acho também que todo mundo escutaria menos piadas engraçadinhas. Não tô falando que menina não faz umas besteiras de vez em quando. A gente faz também. Errar é humano. Mas convenhamos que a gente respeita muito mais os outros e erra muito menos que os meninos, né?
Então, comentem aí se concordam ou não que o mundo seria muito melhor se os meninos fossem um pouquinho só como a gente.
Esse foi o vídeo de hoje, pessoal!
Enquanto isso, curtam, comentem e compartilhem meu canal! Me ajudem na divulgação!
Beijinhos, beijinhos! E até o próximo vídeo!

49%

Já era noite quando Danilo voltou para casa. Fora a terceira visita ao psiquiatra em menos de 15 dias. O garoto desceu do carro com uma sacolinha que continha o remédio que o pai comprara na farmácia próxima à clínica.

O laudo dera positivo: Danilo era mesmo TDAH.

O garoto acenou de volta para o pai, que foi embora. Depois, Danilo olhou para o prédio. Vontade nenhuma de subir e encarar a mãe. Leu mais uma vez o nome do medicamento visível sob o plástico branco, quase transparente. Ao olhar para o lado, viu a lixeira de barras de metal na esquina. Seguiu até lá.

Devagarzinho, e com um gesto solene, soltou a sacolinha com o remédio. Mas como o espaço entre as barras era largo, ela passou direto e caiu sobre um saco de lixo azul rasgado. Bagunça provavelmente feita por algum animal de rua.

Danilo riu.

Pegou novamente a sacolinha e iria repetir o gesto quando escutou:

– Tá procurando o quê no lixo?

Ele se voltou e deu de cara com Ariadne. Aquela menina. De novo!

50% /////

– O que você tá fazendo aqui? – perguntou Danilo.

Ariadne demorou um pouco para responder. Tinha percebido que ele escondia alguma coisa no bolso de trás.

– Não vai dizer? – ele insistiu.

– Tô indo pro apartamento da Gabi. A gente vai fazer a pesquisa de Português.

A garota também notou que o colega de sala ou não se lembrava ou não fazia ideia do trabalho.

– Aquele para o passeio pedagógico – ela explicou. – Você esqueceu?

Danilo não respondeu.

– Pelo visto esqueceu mesmo, né? – e como ele continuava parado, ela prosseguiu: – Já que você virou estátua e não fala nada, vou lá. Não quero chegar atrasada.

– Posso fazer com vocês?

Ariadne se surpreendeu com o pedido inesperado.

– Eh... Você não tem grupo?

Ele balançou a cabeça em negativa:

– Acho que não. Nem me lembrava desse trabalho.

– Vou ter que falar com as meninas, primeiro. Quando eu chegar lá, mando uma mensagem dizendo se elas deixaram ou não um quarto elemento entrar no grupo.

– Não, não! Vou com você.

E Ariadne viu Danilo se colocar ao lado dela para acompanhá-la.

51% /////

– Danilo?? Danilo!!!

– Oi! – respondeu o garoto dando pausa no jogo.

Era Ariadne que estava chamando. E, pela cara, parecia furiosa.

– O que foi? – ele perguntou ainda sentado no sofá do apartamento de Gabriela.

– Você pediu pra fazer o trabalho com a gente – relembrou a garota. – E não pra ficar jogando *video game*.

Danilo largou o *joystick* e se juntou ao trio de meninas, que estava debruçado sobre a mesa da sala.

– Seu irmão tem um monte de jogos legais – comentou.

– Ah, sim – fez Gabriela. – Mas ele nem anda jogando tanto. Tá chegando tarde e exausto por causa dos treinos. Gustavo faz basquete.

Nesse mesmo momento, a porta do apartamento se abriu e entrou um garoto magro e bem alto. Usava uma camiseta larga da equipe de basquete do colégio e estava visivelmente cansado.

– Falando nele... – começou Gabriela.

Ao notar as visitas, Gustavo cumprimentou:

– Boa noite!

– Boa noite – Ariadne e Milena responderam.

– Você tem cada jogo massa – elogiou Danilo.

– Valeu – riu o irmão de Gabriela. – Vou pro quarto pra não atrapalhar vocês estudando.

– Não vai jantar? – perguntou a irmã. – Tem comida no forno. É só esquentar.

– Não, não. Já comi um açaí na volta. Quero dormir. Passei a tarde toda treinando cesta de três pontos. Coisa de doido! – disse, sorrindo meio amarelo.

Coisa de doido.

Danilo se lembrou da visita ao psiquiatra.

52% /////

A pesquisa já estava quase pronta. Ariadne conferiu as folhas que acabavam de ser impressas: a biografia de João Cabral de Melo Neto, a listagem das suas principais obras, a seleção de alguns poemas (ou fragmentos de poemas) e a nota explicativa sobre o Rio Capibaribe. Era esse o trabalho solicitado pela professora de Português.

A garota separou as duplicatas dos poemas e entregou uma para cada integrante do grupo.

– É pra decorar direitinho, viu? – relembrou. – Lila disse que a gente tem que saber de cor e salteado pelo menos um poema de João Cabral.

Trabalho concluído. As três meninas guardavam seus materiais quando Ariadne ouviu o barulho indicando que algo tinha caído no chão. Pegou a sacolinha e arregalou os olhos ao ver a tarja preta do medicamento.

– Que remédio é esse?

Danilo tomou a sacolinha rapidamente das mãos da colega.

– Isso não é da sua conta.

– É impressão minha ou vi uma faixa preta aí? – quis confirmar Milena.

– Esses remédios são perigosos – alertou Gabriela.

– Como você conseguiu isso? – perguntou Ariadne preocupada. Só então viu que havia caído um cartãozinho. Pegou-o. Leu abaixo do nome a especialidade. – Psiquiatria?

Ele tomou o cartão como fez com a sacolinha.

– Você tá fazendo terapia? – quis saber Gabriela.

Ele não respondeu.

– Esse remédio é pra você? – a garota inquiriu já pensando em como ligar para os pais dele, dela, pra direção do colégio, seja lá quem fosse desde que pudesse ajudar.

– Sou TDAH – respondeu o garoto antes de enfiar o remédio no bolso traseiro da calça e abrir a porta para ir embora.

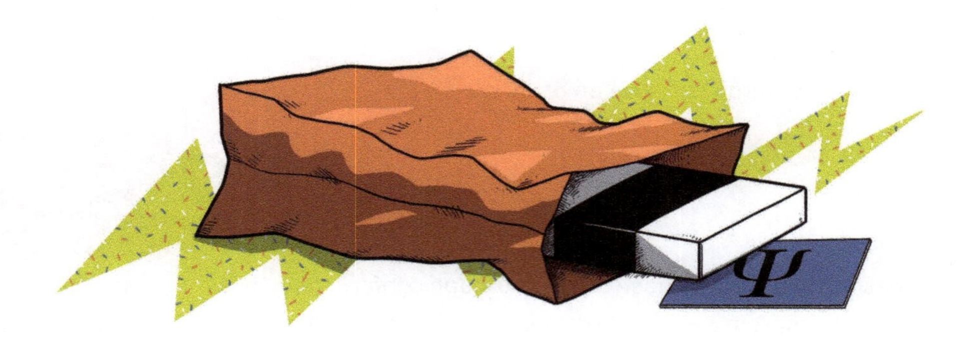

Assim que ele saiu, Milena perguntou:

– Ele é doido?

– Não, não – disse Gabriela. – Danilo tem, ou melhor, *é* TDAH. Vi outro dia numa reportagem. A sigla quer dizer Transtorno de Déficit de Atenção e Hiperatividade. Tá explicado porque ele não consegue ficar quieto por muito tempo. Agora se já tá tomando remédio, é porque iniciou o tratamento.

Ariadne não disse nada. Pegou o celular que estava carregando na tomada. Apenas 52% concluído. Deu uma olhada no número de visualizações, curtidas e comentários no canal. Foi quando leu:

Acho. Acho. Acho. Quer tambem virar sapo?

O nome de usuário foi: SAPODIRETO. E a imagem de perfil da vez era o anfíbio de *A princesa e o sapo*.

53%

Quando Danilo abriu a porta de casa, ouviu um sonoro:

– Onde você estava?!

O garoto se assustou. A reação da mãe era como se ele tivesse aprontado alguma. O que, *a priori*, ele não tinha feito... Mas talvez fosse justamente esse o problema.

– Já estava desesperada aqui! Como você some assim sem avisar pra onde foi?

– Ih, mãe... Foi mal. Tava fazendo um trabalho em grupo.

– Meu neto – chamou vô Davi. – Você precisa avisar aos seus pais primeiro. Ligamos várias vezes para seu celular e só dava fora de área ou desligado.

Danilo fez uma careta, retirando o aparelho do bolso.

– Descarregou. Só vi quando desci do prédio de Gabriela.

– Eu sei – ralhou a mãe. – Agora imagina minha aflição. Deu nove horas da noite e você não chegou. Ligo para seu pai e ele diz que deixou você em frente ao prédio por volta das seis! Há mais de três horas! Ligo para seu celular e só dá fora de área ou desligado! Ligo para seu avô e ele também não sabe onde você está! Como você quer que eu fique, mocinho?

Danilo suspirou e disse:

– Vou pro meu quarto! Já sei! Tô de castigo – disse e passou de cabeça baixa entre a mãe e o avô.

Mas a preocupação do garoto era outra. Esperava que as meninas não fofocassem na escola que ele iria tomar remédio tarja preta ou que era TDAH.

Abriram a porta do quarto.

– O que é, mãe? – ele reclamou. – Vai repetir tudo de novo?

– Não... – disse ela com um tom de voz diferente.

Ele estranhou.

– O que é, então?

– Deixa eu entrar rapidinho?

Ele não respondeu. Ela entrou e se sentou no banquinho onde o garoto costumava ficar quando jogava *video game*. Depois, permaneceu calada. Foi quando Danilo percebeu uma lágrima descendo ligeira pela bochecha direita da mãe.

– Mãe?! Me desculpa! Não queria deixar a senhora preocupada!

Ela balançou sutilmente a cabeça em negativa. Encarou o filho:

– Me desculpa – ela pediu.

Danilo ficou surpreso. Não respondeu. Ela continuou:

– Me desculpa por não ser uma mãe melhor.

– Mãe...

– Não sou, Danilo... Achava que toda essa sua *hiperatividade* era porque eu não sabia como educar você. Talvez o excesso de trabalho, todas essas cobranças, a crise no casamento, não poder e não querer gastar com médico, psiquiatra, ou até mesmo não aceitar que eu tivesse um filho que precisasse de ajuda, todas essas coisas me fizeram agir como se você fosse igual a todos os outros garotos, só que mais rebelde, mais mal-educado... Mas não era pulso firme meu que você precisava. Você precisava do meu amor. O amor zeloso de uma mãe que não soube dar.

Danilo se emocionou com as palavras da mãe. Levantou-se e se sentou no colo dela. Com as costas da mão, enxugou outra lágrima que caiu.

– Não fica assim, mãe. A senhora é a melhor mãe do mundo. É quem mais se preocupa comigo. Se isso não for amor de mãe, um tantão exagerado, é verdade – ele sorriu –, então também não sei o que é – e a abraçou apertado.

O garoto sentiu as mãos da mãe acalentando suas costas. Fazia tempo que ela não o abraçava desse jeito. Era tão bom... Danilo desejou que aquele momento durasse para sempre.

54% /////

Hello, pessoal! Aqui é Ari e tá começando mais um vídeo do *FIOS DE ARIADNE*!
E vamos seguir falando do livro *AS AVENTURAS DE TOM SAWYER*.
Se você achou que Tom, depois de umas noites preocupado com o pobre Muff Potter, contaria pra polícia o que viu, errou! Meio chateado com tudo, o danado decide se tornar pirata. Isso mesmo. Acordei e quis ser pirata. Simples assim.
E pra formar sua tripulação chama os amigos Huck Finn e Joe Harper. Cuidado pra não confundir, hein, pessoal? Injun Joe é o vilão e Joe Harper é o amigo de Tom.
#FICAADICA
Eles embarcam numa aventura até a Ilha Jackson e lá vão se divertir muito brincando. Só que os três maluquinhos não vão voltar pra casa! E nem vão mandar notícias. Eles meio que fugiram! Só que Tia Polly e a família Harper começam a procurar os garotos acreditando que eles foram carregados pelo rio e, a essa altura, estão mortos! E os meninos veem tudo e não fazem nada! Na-da! Deixam todo mundo lá chorando, sofrendo de preocu-

pação e procurando por eles nas águas do Mississippi. Que maldade desses garotos! Até a Becky, coitadinha, tá lá chorando, sofrendo por causa de um menino que não vale nada.
Chega então um dia em que o pessoal desiste de procurar, tenta se conformar com o sumiço dos garotos e prepara uma cerimônia lá na igreja da cidade. E quando todos estão atentos ao sermão, eis que surge o trio, que merece um bom castigo! Onde já se viu aprontar uma coisa dessas? Mas a alegria é tanta que o pessoal esquece isso. E é só lágrimas e beijos de alívio e felicidade.
Tom volta à escola e ele e Becky ficam tentando fazer ciúme um ao outro. E acontecem umas coisas... Será que Tom e Becky vão se acertar? E o que vai acontecer no julgamento do Muff Potter, que ainda não chegou? Mas pro vídeo de hoje não ficar muito longo, deixo vocês curiosos para o próximo Diário de leitura.
Curtam, comentem e compartilhem meu canal, *FIOS DE ARIADNE*! Me ajudem na divulgação, pessoal!
Beijinhos da Ari!

55% /////

E o mês de março transcorreu rapidamente.

No dia 27, Danilo acordou cedo para não se atrasar para o passeio pedagógico que as turmas do 6º ano fariam pelo Rio Capibaribe.

Concluiu o café da manhã, colocou o prato e a caneca na pia. Ao passar pelo armário, o garoto viu a faixa preta da embalagem do medicamento que estava tomando. Depois de um mês de terapia e tomando o remédio no horário certo, o garoto se sentia diferente.

Um diferente melhor. Era como se ele pudesse controlar mais seus impulsos ou pensar bem antes de agir.

É claro que, às vezes, dava umas escorregadas. Mas era um pré--adolescente. Impossível ficar quieto o tempo todo. No entanto, as saídas de sala haviam diminuído bastante. Com Jader, pelo menos, só saíra duas vezes nessas quatro semanas.

– Danilo! Terminou o café?

– Sim, mãe – respondeu entrando na sala.

– Então, vamos logo senão você me atrasa e vou pegar um baita engarrafamento pra chegar ao trabalho. Você sabe como o trânsito de Recife é.

– Já tô pronto! – disse o garoto, jogando a mochila nas costas.

56% /////

O ônibus com as turmas do 6º ano do Colégio João Cabral de Melo Neto tomou a Avenida Boa Viagem, passou pela Avenida Engenheiro José Estelita e logo chegou ao Cais de Santa Rita. Durante todo o trajeto, Ariadne tirou várias fotos com a câmera profissional da mãe, que trouxera.

– Cuidado para não derrubarem o celular ou a câmera no rio, pessoal – alertou Lila na área de embarque. – E se lembrem de tirar a fotografia mais poética possível para nosso mural – reforçou a professora sobre o trabalho proposto. – A melhor foto vai ganhar um prêmio!

– Espero que seja chocolate – cogitou Milena.

– Ela é professora de Português. Acho que vai ser um livro – deduziu Gabriela.

– Quero os dois – brincou Ariadne. – Aliás, vou aproveitar este passeio e gravar alguns vídeos para publicar no canal também.

– Você só fala nesse canal agora – criticou Milena.

– Tenho que me dedicar – se defendeu a amiga.

– E o engraçadinho da Disney? – perguntou Gabriela. – Não deixou mais nenhum recado?

– Acho que não. Ops! Não! Toda vez que falo *acho* só me lembro dele. Vou acabar excluindo essa palavra do meu dicionário.

– Todo mundo passando protetor solar, hein? – relembrou Miguel, o professor de Educação Física, que estava dando um suporte no passeio.

– Me esqueci de colocar em casa – confessou Milena.

– Toma – disse Ariadne tirando o tubo da mochila. – Trouxe o meu para reaplicar mais tarde.

– Você nem precisa.

As três meninas se voltaram. Quem falara fora Robson.

– Todo mundo precisa – rebateu Ariadne.

– Mas você é negra. Não vai se queimar – insistiu o garoto.

– Isso é racismo, sabia? – disse Gabriela se pondo ao lado da amiga.

– Calma! – recuou Robson. – Era só uma brincadeira. Não falei por mal.

– Comentário desnecessário – asseverou Milena.

– É por causa de brincadeiras sem noção assim que ainda vemos vários casos de preconceito racial – brigou Gabriela.

Ele não disse mais nada e se afastou para junto dos outros meninos.

Ariadne balançou a cabeça.

– Não fica assim – disse Gabriela.

– Não é o primeiro e, infelizmente, não vai ser o último a falar esse tipo de baboseira – comentou Ariadne.

A garota se perguntava se num futuro não muito distante as coisas seriam diferentes.

57% /////

– Hora de embarcar, pessoal! – avisou Lila.

Os alunos correram para formar a fila e entrarem no catamarã. Um a um foram colocando o colete salva-vidas e procurando os melhores lugares.

Os grupos da pesquisa de Português deveriam se sentar juntos. Danilo queria ficar com os meninos, mas como fizera o trabalho com as meninas, deveria se sentar ao lado delas.

Só quando a professora entregou os trabalhos na semana anterior que então ele se lembrou de que estava na mesma equipe de Robson. A professora quis saber em qual dos dois grupos Danilo tinha mesmo trabalhado. Na capa dos dois trabalhos constava o nome do garoto. Na realidade, em nenhum. Mas oficialmente decidiu optar pelo das meninas depois do olhar ameaçador do trio inseparável.

Para o passeio pelo Capibaribe, Danilo planejava ficar na parte da frente do catamarã, mas Robson correu alvoroçado para lá, trombando antes no colega.

– Esse lugar é do meu grupo – disse o recém-chegado esticando os braços para proteger o assento.

Danilo iria reclamar, mas escutou Ariadne chamando:

– Vem, Danilo. Este lugar é melhor. Pelo menos ficamos na sombra.

Meio a contragosto, ele se resignou a se sentar com as meninas.

58% /////

O passeio pedagógico pelo Rio Capibaribe iniciou ao som do tradicional frevo *Vassourinhas*, tocando ao fundo. Ariadne não conseguia conter o sorriso. O vento batendo no rosto, o cheiro de mar, a paisagem do Recife Antigo dos dois lados: o Cais de Santa Rita à esquerda e o Paço Alfândega à direita.

Mas, em alguns momentos, o guia turístico seria substituído por um dos alunos. Lila inventara que todos deveriam estudar bastante a pesquisa que fizeram porque sortearia alguns nomes para falar sobre o rio e João Cabral de Melo Neto durante o percurso. E o coração de Ariadne bateu mais forte quando o nome dela foi sorteado.

– Vai lá, amiga! – incentivou Gabriela.

– Arrasa! – brincou Milena.

Tímida, a garota se ergueu e, com passos miúdos, se aproximou da professora. Lila introduziu:

– Todos em silêncio para ouvir a fala de Ariadne sobre o Rio Capibaribe – e estendeu o microfone.

Nervosa, Ariadne sentia uma brisa marinha dentro da barriga. Respirou fundo para tomar coragem e começou:

O nome Capibaribe vem do tupi e significa "rio das capivaras" ou "rio dos porcos selvagens". Ele nasce na Serra do Jacarará, entre o estado de Pernambuco e o da Paraíba, banha 42 cidades do estado e tem 280 km de extensão, sendo 16 km só no Recife. O Capibaribe contribuiu para a consolidação da cultura da cana-de-açúcar porque nas suas várzeas se encontra um tipo de solo bastante fértil, o massapê...

59% /////

Danilo sentiu um peteleco acertando sua orelha. Olhou para trás e viu Robson se levantando. Entendeu que ele tinha sido o sorteado e aproveitou a ocasião para perturbar.

Ele se aproximou da professora, que lhe entregou o microfone. A fala dele foi a biografia de João Cabral de Melo Neto:

João Cabral de Melo Neto é um dos principais poetas pernambucanos. Nasceu em 6 de janeiro de 1920 no Recife e viveu parte de sua infância nos engenhos da família. Foi também diplomata, viajando pelo mundo a trabalho. Também

era conhecido como "poeta engenheiro" por ser bastante racional na hora de escrever. Sua obra fala da vida do retirante nordestino, do Rio Capibaribe...

Enquanto Robson prosseguia, Danilo observou a estátua sentada num banco na margem direita do rio. Aquele era o poeta que dava nome ao colégio.

– Vou tirar uma foto – Danilo escutou Ariadne dizer.

Enquanto a garota procurava um bom ângulo, Robson concluiu a biografia do poeta. Danilo não tinha esquecido o peteleco. Por isso, não conseguiu se segurar quando o colega voltava e colocou o pé para ele cair. Robson tropeçou e, sem querer, empurrou Ariadne.

A câmera fotográfica caiu no rio.

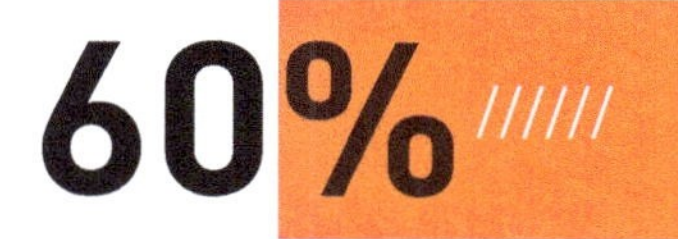

– Minha câmera! – gritou Ariadne vendo a câmera profissional da mãe mergulhar fundo nas águas do Capibaribe.

Ao se voltar, viu Robson, que apontou imediatamente para Danilo:

– A culpa é dele! Colocou o pé pra eu cair!

– Você que começou a brincadeira – tentou se defender o outro.

– Quer comparar um dedo com um pé? – tentou argumentar Robson.

Ariadne se segurava para não chorar.

– O que está acontecendo aqui? – Lila se aproximou.

– Minha câmera caiu no rio – explicou a garota.

– Foi Danilo quem me empurrou – disse Robson.

– Ele que começou com as brincadeiras dele – justificou Danilo.

– Por favor, os três sentem-se! – pediu a professora. – Quando chegarmos ao colégio, veremos quem é o responsável e ele vai arcar com o prejuízo, Ariadne. Pode ficar tranquila.

A garota viu quando os dois meninos trocaram um olhar preocupado. Imaginou o baita castigo que eles receberiam dos pais. E o que ela diria para a mãe quando chegasse em casa? Fora a foto poética e os vídeos para o canal que acabara de perder.

Pensando nisso, demorou a ver um objeto meio prata, meio preto que foi estendido para ela. Era um celular. De Danilo.

– Pega! Já tirei a foto do meu trabalho. Agora você tá precisando dele mais do que eu.

Ariadne, sem saber o que dizer, apenas aceitou o gesto do colega de turma.

61% //////

Após um dos funcionários da embarcação tentar inutilmente reencontrar a câmera de Ariadne, o catamarã seguiu viagem. Danilo agora estava sentado ao lado de Robson, dividindo o mesmo banco.

– Viu o que você fez? – disse o outro.

– Quem começou foi você!

– Não comecei nada!

– A gente viu, Robson – disse Vinícius. – Você vive implicando com Danilo. Tem culpa nisso também.

– Mas eu não vou pagar... – tentou rebater o outro.

– Os dois vão ter que pagar sim – argumentou Kenji. – Talvez o melhor seja os dois assumirem logo a culpa e dividirem o preço da encrenca.

– Foi ele quem colocou o pé pra eu cair!

– Se ele não tivesse me provocado...

Vinícius e Kenji se mostraram impassíveis.

– Já tá na hora de vocês pararem com essa implicância boba – disse o primeiro.

– Que tal uma trégua? – sugeriu o segundo.

Danilo olhou para Robson, que lhe estendeu a mão. Danilo aceitou-a e apertando-a disse:

– Minha mãe vai me matar.

– A minha também.

62% //////

Ariadne viu Danilo e Robson fazendo as pazes.

Meninos!

Depois, fixou o olhar para frente e viu o rio margeado por casebres de madeira ou com os tijolos à mostra. Ao fundo, soou a voz de Lila ao microfone:

– Estamos passando entre as ilhas do Leite e Joana Bezerra. Como vocês podem ver, o Capibaribe atravessa a cidade tanto por pontos turísticos e históricos quanto por bairros mais humildes. É um rio sem preconceitos.

De uma das casas, saía um cano. Provavelmente com água da pia ou do banheiro, trazendo dejetos que caíam diretamente na água. Próximo ao jato intermitente, Ariadne pôde observar duas crianças. Um menino e uma menina negros com roupas puídas. Eles acenavam para os alunos no catamarã.

Ariadne observou os colegas de sala, acenando de volta para o casal de crianças. A garota constatou que era a única menina negra da turma do 6º ano A. Como a mãe dizia, ela fazia parte de uma minoria que, a duras penas, conquistava seus direitos depois de séculos de escravidão e marginalização. Mas ainda faltava muito.

Quando procurou o celular para fotografar, Ariadne não conseguiu mais um bom ângulo. O catamarã já tinha se afastado daquela realidade.

Mas aquela imagem ficou registrada. Esse fio da memória ela jamais esqueceria.

63% //////

– Danilo!

O garoto se ergueu ao primeiro chamado da professora. Depois que iniciara o acompanhamento clínico, ele não divagava mais tanto e respondia ao primeiro chamado. Da Terra admirava a Lua. Não viajava mais para lá constantemente como antes.

– Sua vez, Danilo – reforçou a professora. – Você será o primeiro a declamar os poemas. Estudou direitinho?

Ele assentiu. Passara a véspera inteira lendo e repetindo o poema de João Cabral de Melo Neto sobre o Rio Capibaribe. Começou:

A cidade é passada pelo rio
como uma rua
é passada por um cachorro;
uma fruta
por uma espada.

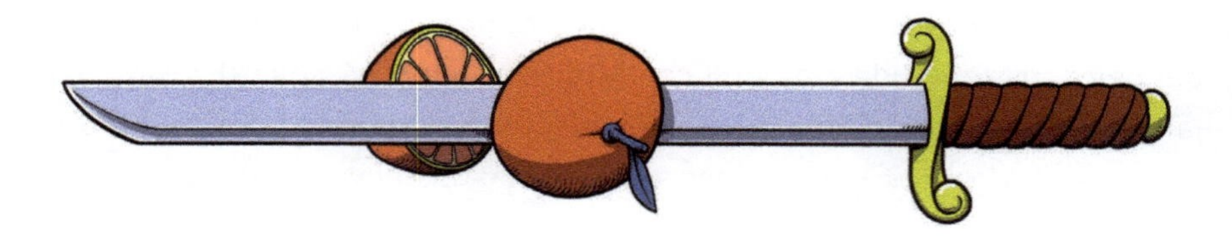

64% //////

Ariadne achou bonito Danilo se esforçando para declamar um fragmento do poema *O cão sem plumas* que ela havia separado para ele. Sorrindo, ergueu o celular e tirou uma foto.

A garota só não imaginava a confusão que esse clique daria na manhã seguinte.

65% //////

Danilo comprou o lanche na cantina e se encaminhou para a área de convivência do colégio. Chegando lá, escutou o coro:

– Tá namoran-do! Tá namoran-do! Tá namoran-do!

Ele não entendeu até ver que o Mural Poético com as fotografias que a professora Lila recolhera no início da manhã já estava montado.

– Não contou pra gente que arranjou uma namorada? – brincou Vinícius.

– Para com isso – pediu Kenji. – Isso não vai prestar!

– Confessa, vai – disse Robson se abraçando ao mais novo amigo e apontando para o mural. – Você queria comprar sozinho a câmera pra ela, né?

Danilo se aproximou das fotografias coladas sobre papel *offset* colorido, procurando alguma coisa que justificasse tudo aquilo.

Foi então que viu: sobre uma folha rosa-choque, uma foto dele na hora em que declamou o poema de João Cabral de Melo. A luz do Sol tinha dado à fotografia um efeito bem legal. Abaixo, a legenda:

O menino, o poema e o rio
Ariadne Silva - 6º A

Danilo ficou furioso.

– Onde ela está?

– Parece que no banheiro chorando – disse Kenji.

O garoto não pensou duas vezes. Arrancou a foto do mural, correu para o lado dos sanitários e invadiu o das meninas.

– Danilo, você não pode entrar aqui! – gritou Gabriela.

– Tá louco, garoto? – inquiriu Milena.

– Por que você tirou minha foto?

Ariadne apenas ouviu a pergunta de Danilo, pois seus olhos estavam embaçados por causa das lágrimas.

– Sai daqui, Danilo – ela pediu.

– Por que você tirou minha foto, hein?

– Vai embora, por favor!

– Por que você foi fazer isso?! Tá todo mundo dizendo que a gente tá namorando!

– Só imprimi essa porque achei bonita – tentou justificar a garota vendo o trabalho amassado na mão de Danilo. – Não imaginava que daria essa confusão toda!

– Depois sou eu que não penso antes de fazer as coisas – esbravejou. – Você é muito burra, Ariadne!

– Você não pode falar com ela assim! – brigou Gabriela.

– Vá embora antes que algum professor apareça! – ordenou Milena.

– Danilo, o que você está fazendo aqui?

O quarteto olhou na direção da porta. Era Lila.

– Venha comigo agora!!

A cara da professora de Português não estava nada boa.

67% //////

– Não acredito, Danilo – disse a coordenadora Heloísa. – Estava tudo indo tão bem...

O garoto balançava as pernas impacientemente.

– A culpa foi dela. Não tinha nada que imprimir minha foto. Tivesse escolhido outra!

– Mas, Danilo, convenhamos que a foto ficou muito bonita, bastante poética por sinal – disse Lila, que o acompanhava na coordenação. – Precisava também destruir o trabalho de Ariadne?

– Agora todo mundo vai ficar me zoando – tentou argumentar o garoto. – Vão dizer que tô namorando ela.

– Danilo, não ligue pra isso – pediu a coordenadora. – Sabe como vocês, pré-adolescentes, são implicantes à toa. Se se importar com isso, será pior.

– Não vou mais seguir o *vlog* dela – asseverou o garoto, tirando o celular do bolso.

– *Vlog*? – repetiu Lila.

– Sim – e ele mostrou a tela do celular para a professora. – É um canal no YouTube. Mas não vou seguir mais! E vou dar *dislike* em todos os vídeos. Até os resumos do livro que a senhora passou vou deixar de ver.

– Espera – pediu a professora. – Deixa eu olhar... Tem vídeos sobre *As aventuras de Tom Sawyer*! – comemorou Lila. – O livro que o 6º ano está lendo neste bimestre.

– Que legal! – exclamou a coordenadora.

– Ariadne não tem nada de legal!

68% //////

Ariadne evitou olhar para os colegas ao voltar para a sala.

E ninguém comentou nada sobre as fotos pelo menos durante a quarta aula. Como era de Português, Lila já chegou dizendo que colocaria para fora quem falasse qualquer coisa sobre o ocorrido no intervalo.

Mas ninguém precisava dizer nada.

Para Ariadne, o modo de os colegas de sala olharem já era suficiente para ela entender muito bem o que, com palavras, eles não poderiam dizer.

Porém, as ideias da garota foram interrompidas pelo novo trabalho que a professora solicitava.

– Mais um?! – só depois Ariadne se deu conta de que perguntara alto demais.

– Sim! – respondeu Lila com um sorriso. – Mais um! Adoro passar trabalhinhos, que vocês fazem muito bem, por sinal – e piscou para a garota. – E esse já é para a próxima semana, que nosso calendário está apertado. Por isso, quero que, repetindo os grupos da pesquisa anterior, selecionem um trecho de *As aventuras de Tom Sawyer* para encenar na próxima semana.

Todos escutaram um barulho.

Era Danilo que batera com a testa no braço da cadeira.

Ariadne viu quando, em seguida, ele levantou a mão e gemeu:

– Por favor, me deixa trocar de grupo.

69% //////

– Não, Danilo!

Essa tinha sido a resposta da professora e foi também a exclamação da mãe quando ele chegou em casa. Ela tinha recebido o comunicado do colégio.

O garoto bagunçou os cabelos com as duas mãos.

– Não precisa reclamar. Já sei, já sei. Fiz besteira e tô de castigo. E o de hoje é duplo. Acho que o remédio não tá mais fazendo efeito.

– Você ainda é uma criança – disse o pai entrando na sala.

– Pai! – Danilo correu para abraçá-lo. – Já sou um pré-adolescente. Não sou mais uma criança.

– Por isso mesmo deve pensar duas vezes antes de agir – recriminou a mãe.

– E essa garota? Ela não tá a fim de você? – perguntou o pai com um sorriso.

– Não! – cortou o garoto. – Ela só tirou uma foto. Nada a ver!

– Hum... – fez a mãe, chamando a atenção tanto do filho quanto do pai.

– O que foi? – Danilo indagou. Como conhecia bem a mãe, sabia que aquele *hum* sinalizava algo que ela pensou, mas hesitou em dizer.

– Quando liguei para Heloísa, ela acabou falando o nome da garota. Dei uma olhada no seu Facebook e depois no Instagram. Ela é uma menina negra, de cabelo cacheado alto...

– Sim, é ela mesma – confirmou Danilo.

– Vocês não combinam muito...

– É o quê?! – o pai do garoto se levantou visivelmente bravo. Até Danilo se assustou com a reação do pai. – Que comentário foi esse, Fabiana? Pensei que você tinha mudado... Mas, pelo visto, continua do mesmo jeito.

Danilo olhou para a mãe. Também não acreditava no que tinha ouvido. Ele não combinava com Ariadne só porque ela era negra?

– É por isso que a gente não consegue ficar junto – continuou o pai de Danilo. – Não é só por eu *ser* TDA. Além de ritmos diferentes, nossos modos de pensar também diferem. E muito! – Em seguida, se voltou para o filho. – Me mostra uma foto dela.

Sem saber muito o que fazer, Danilo procurou uma foto da amiga no celular. Como não tinha passado todas as fotos do passeio de catamarã para o HD externo, achou uma facilmente. Mostrou ao pai uma *selfie* de Ariadne com o Rio Capibaribe ao fundo.

– Ela é linda, Danilo. E se ela for uma menina legal, vocês vão combinar – deu um beijo no filho. – Tenho que ir. Já tô em cima da hora. Se cuida! E qualquer coisa, me liga.

Evitando os olhares do ex-marido e do filho, a mãe não disse mais nada.

Danilo olhou para a foto de Ariadne na tela do celular.

Ele tinha que concordar com o pai: ela era muito linda sim.

Hello, pessoal! Aqui é Ari e tá começando mais um vídeo do *FIOS DE ARIADNE*!

Primeiro, quero pedir desculpas por ter passado tanto tempo sem postar nada novo. Não é que eu não estivesse lendo o livro, mas é que começaram os testes e trabalhos do colégio, aí vocês sabem muito bem como é. Mas vou

tentar me organizar melhor para não ficar muito tempo sem postar, combinado?
Mas vamos ao que interessa: o livro!
Agora acontecem algumas tretas no colégio depois que os meninos voltaram da Ilha Jackson. Vocês se lembram, né? A história de ser pirata e tudo mais que contei no vídeo anterior. Pois bem. Um tal de Alfred estava muito a fim de Becky, mas ela só tava usando o garoto pra fazer ciúmes pra Tom. Alfred, quando descobre isso, não gosta nada e derruba tinta no caderno do outro. Mas a escola onde eles estudam é bem tradicional. Ali, descuidou do material é castigo físico. Sabe aquela história de palmatória, essas coisas? So-corro! Ainda bem que nasci aqui no meu seculozinho vinte e um. Tadinho dos meninos lá da sala se tivessem nascido naquela época. Os cadernos de alguns já estão tão esculhambados, que nem parece que ainda estamos na primeira unidade.
Mas voltando ao livro...
Becky viu Alfred aprontando e não fez nada nem contou pra Tom porque tava com raiva dele. Só que ela foi mexer no livro de anatomia do professor e levou um susto quando Tom entrou na sala e... Adivinhem! Ela rasgou uma página do livro sem querer. Tom diz que não vai contar nada. E quando o professor descobre começa a perguntar a todos os alunos quem foi. Aí, rola uma prova de amor do Tom pra Becky. Ele assume a culpa por ela! Só que aí Tom apanha duas vezes porque rolou o estresse lá com o caderno dele sujo de tinta. O bacaninha é que depois disso tudo a coisa começa a ficar de boa de novo entre os dois.
O que me chamou mais atenção nessa parte do livro foi o professor e suas aulas tediosas. Aff! E também um tal negócio lá de "Exames", que acho que seria o que a gente faz hoje muito melhor e diferente, chamado "Feira de Conhecimento". Lá era um tédio. Ficar decorando uns textos chatos, escrevendo uns textos chatos, umas apresentações monótonas... Vixe! Ainda bem que a minha

professora de Português é muito legal, o nome dela é Lila, ela é incrível! Passa um monte de atividades legais! Por causa do livro do bimestre, a gente fez um passeio de catamarã pelo Rio Capibaribe. Tom tem o Mississippi e nós o Capibaribe, ela disse. Rolaram umas coisas no passeio, mas não vem ao caso... Fizemos também um mural poético com fotos que tiramos... Rolaram uns estresses, mas também não vem ao caso...
Ah, finalmente chegou o dia do julgamento do Muff Potter. E o que acontece? Aguarde o próximo vídeo!
Curtam, comentem e compartilhem meu canal! Me ajudem na divulgação do *Fios de Ariadne*, pessoal! Quero muitos, muitos *likes*!
Conto com vocês!
Beijinhos da Ari!

71%

No dia seguinte, assim que Danilo entrou na sala, viu Ariadne na fila da parede direita junto com as amigas inseparáveis. Notou também quando ela virou o rosto, evitando olhar para ele.

O garoto caminhou firme até as três. Parou. Elas se entreolharam sem dizer nada. Ele estendeu a mão.

– Me desculpa.

Ariadne, Gabriela e Milena se mostraram surpresas.

– Fui grosso com você na frente das meninas – afirmou Danilo. – Tenho que ser humilde e gentil na frente delas também. Me desculpa? – repetiu, arqueando as sobrancelhas e aguardando ansiosamente pela resposta.

– Vou pensar – disse Ariadne sem encará-lo.

– Tudo bem – ele suspirou. – Já é um avanço. Não se consegue em um segundo perdão para um erro que durou muito mais que isso.

72%

Para Ariadne, a frase de Danilo soou poética assim como as legendas que os alunos das turmas do 6º ano escreveram para as fotografias que entregaram para a construção do Mural Poético.

No intervalo, ela colou uma nova foto, dessa vez, de uma das pontes do Recife, e aproveitou para procurar a foto de Danilo. Com o alvoroço do dia anterior, não tinha visto as imagens registradas pelos colegas. Eram mais de 120 fotos, juntando as quatro turmas que o 6º ano do colégio tinha: duas pela manhã e duas pela tarde.

A garota encontrou a folha azul em que estava a fotografia que ele tirara. Nela, as águas do Capibaribe levando algumas folhas e um pedaço de isopor. Em caixa alta, a legenda era:

O RIO CARREGA MUITO MAIS QUE FOLHAS.
DANILO - 6º A

Ariadne riu. Pareceu ambígua. Além das folhas e do isopor, provavelmente Danilo estava falando também da câmera dela. Assim que chegou ao colégio no dia seguinte ao passeio de catamarã, ela recebeu outra câmera igualzinha. Os pais dos dois garotos se juntaram para dividir o preço alto que custou aquela brincadeira sem graça.

– Não vai perdoar o namoradinho?

Ariadne se voltou. Era Robson. Será que iria começar tudo de novo?

73%

– Esqueceu a trégua, Robson? – inquiriu Danilo se aproximando de Ariadne. Vinícius e Kenji estavam ao seu lado.

– Opa! – fez o outro. – É claro que não. Tava só brincando. Mas parei. Vocês não combinam mesmo.

– Por quê? – perguntou Danilo.

– É... Bem... Tipo assim... – Robson não sabia muito bem o que falar.

– Só porque ela é negra a gente não combina?

– Calma! Não foi isso que eu quis dizer!

– Mas foi o que tava pensando – disse Vinícius.

– Isso é preconceito – alertou Kenji.

– O japa tem razão – falou Danilo. – Se eu quisesse namorar Ariadne, qual seria o problema?

O garoto viu quando a colega de sala arregalou os olhos.

– Problema nenhum! Problema nenhum! – respondeu Robson totalmente sem graça. – Trégua. Trégua. Parei. Vou segurar minha língua. Vamos jogar bola?

Danilo encarou o outro antes de dizer:

– Bora! Mas hoje você fica no gol de castigo pra aprender a não falar besteira.

E os quatro saíram chutando uma garrafinha de refrigerante vazia pela quadra. Danilo ainda olhou sobre o ombro para Ariadne, que acenou de volta.

74% ///////

Ariadne voltou o caminho todo da escola relembrando cada detalhe da conversa com os meninos no intervalo. E da pergunta que Danilo fez a Robson.

Se eu quisesse namorar Ariadne, qual seria o problema?

Perguntava a si mesma se ele sentia alguma coisa por ela. E ela por ele?

Se eu quisesse namorar o Danilo, qual seria o problema? Não! Não! Não!

Como o elevador demorou, a garota subiu pelas escadas.

75% ///////

Após sair do banho, Danilo pegou o celular sobre a cama. Abriu o YouTube e procurou o canal de Ariadne para ver se tinha vídeo novo. Mas os dedos ainda molhados deixaram o *touch screen* completamente maluco, se movendo aleatoriamente para cima e para baixo, como se ele estivesse tocando em vários pontos da tela ao mesmo tempo.

Enquanto enxugava a mão direita na toalha, a tela parou nos comentários de um vídeo antigo:

Macaca!!!

Os olhos do garoto quase saltaram das órbitas!

76%

Macaca!!!

Vai cortar o cabelo.

Negrinha suja tomou banho hj??

Cabelo lã de aço (não vou fazer propaganda)!!! Hahahaha

Gente, o que está acontecendo aqui? Ela é só uma menina!

Agora um poema:
Um pontinho preto já se destaca na multidão
Não precisa deixar crescer esse jubão!

Ari, bloqueia os comentários!! Tão invadindo seu canal!

Só a última mensagem era de alguém conhecido: Gabriela. Mas as mãos de Ariadne tremiam e ela não conseguiu conter as lágrimas.

77% ///////

– O povo endoidou?! – Danilo estava com muita raiva. – Por que estão escrevendo isso no *vlog* dela?

No grupo da sala, as mensagens pipocavam. Todos comentando o bombardeio que a *vlogueira* da turma recebia.

– Não podem fazer isso com ela! Não podem! – esbravejou Danilo, como se aquele ataque fosse para ele também. – É muita maldade! Com quem eu falo? Com quem eu falo?

Lembrou-se do pai. Procurou o contato na agenda e ligou.

78% ///////

– Mãe! Mãe!

– O que foi que aconteceu, minha filha? – perguntou a mãe de Ariadne assim que entrou em casa.

Chorando, a garota havia corrido para abraçá-la.

– O que foi que aconteceu, Ari?

– Eles me odeiam! Eles me odeiam!

– Me explica!

– Meu canal do YouTube, mãe! Tão me xingando! E muito! De um monte de coisas ruins!

Se pudesse, Ariadne afundaria no colo da mãe.

79% ///////

– Quem fez isso? – perguntou o pai de Danilo do outro lado da linha.

– Não sei, pai. Muita gente – respondeu o garoto, olhando o número de comentários aumentar.

Algumas pessoas defendiam Ariadne e criticavam os comentários depreciativos, mas outros perfis seguiam com os xingamentos.

– Qual o nome do canal?

– *Fios de Ariadne*. Mandei o *link*.

– Espera... Deixa eu ver...

– Nunca teve tanto comentário nem visualização junto num vídeo só!

– Vixe! São *haters*, meu filho. Eles tão atacando pra valer sua amiga!

– O que eu faço, pai?

– Ela precisa denunciar o mais rápido possível antes que apaguem os comentários.

– Já sei!

– O que foi, filho? O que você vai fazer?

Danilo não respondeu. Apenas começou a *printar* todos os comentários que aqueles monstros postavam.

80% ////////

O telefone da casa de Ariadne tocou. A garota apertou ainda mais a mãe.

O celular da garota também chamava no quarto. Mas ela se recusava a atender ou permitir que a mãe fosse lá desligar.

– Filha, você não pode ficar assim! – e se desvencilhou da garota por um momento para esticar o braço e alcançar o aparelho na mesinha ao lado do sofá.

– Alô?

– Quem é? – perguntou Ariadne.

A mãe tapou o bocal do aparelho.

– Lila, sua professora de Português – respondeu com a testa franzida.

Ariadne estranhou.

– Minha filha acabou de contar sobre...

– Ela sabe do meu canal?

– Vamos sim! – disse a mãe ao telefone e se voltando para a filha. – Temos que prestar queixa na delegacia imediatamente.

Ariadne pôs a mão na boca. Seu canal havia virado caso de polícia.

81% ////////

Danilo nunca tinha prestado tanta atenção numa aula de Português como naquela sexta-feira.

Diferentemente das outras vezes, Lila entrou na sala sem a mochila às costas e sem o *data show* a tiracolo. Ela veio apenas com um piloto, um apagador e algumas folhas de papel colorido.

Em seguida, pediu que toda a turma fizesse um círculo. Os alunos arrastaram as cadeiras. Lila reclamou do barulho e que os alunos não estavam prestando atenção nas aulas de Matemática, porque o que eles estavam fazendo não era um círculo. A professora parecia impaciente.

Os alunos se movimentaram de novo, dessa vez de modo mais silencioso, e reorganizaram a sala. Para Danilo, o que fizeram ainda não era um círculo, porém estava mais arredondado.

Lila puxou uma cadeira e se sentou ao lado de Danilo. Ela pediu que Ariadne se juntasse a ela. E anunciou a aula do dia:

– Hoje vamos falar sobre *Preconceito*.

82% ////////

Ariadne não sabia se sentia raiva ou tristeza. Esses sentimentos se confundiam dentro dela. A chuva de comentários grosseiros na sua página do YouTube a magoara muito. Ela se perguntava como o ser humano pode ser tão cruel.

E pensava justamente nisso quando Lila pediu que ela se sentasse ao seu lado, na frente da sala.

Ariadne obedeceu à professora, embora preferisse ficar no canto da sala.

Lila iniciou:

– Ontem aconteceu algo terrível. Embora acredite que nenhum de vocês está metido nisso, preciso falar, senão vou sufocar – desabafou a professora e, em seguida, anelou no indicador da mão esquerda uma mecha do cabelo de Ariadne. – Veem este cabelo? É simplesmente lindo! Veem esta cor de pele? Igualmente linda! Veem este meu cabelo? Também é lindo. Veem os olhinhos puxados do Kenji? Também são! Apesar de todos sermos humanos, somos diferentes. E é a presença de diferenças que também nos torna humanos. Somos igualmente diferentes. E nada, nada no mundo justifica o que fizeram ontem no canal de Ariadne. Se há algo feio, fora de moda ou que deva ser cortado é o preconceito. O preconceito sim é feio, mesquinho, egoísta e destruidor. Mas a inocência de uma criança, que é o que há de mais belo no mundo, ninguém tem o direito de destruir. Não mesmo! Por isso, Ariadne, minha linda, sorria! Sei que tá doendo e muito, mas sorria! Pode chorar também. Mas, em seguida, lute! Lute pelos seus direitos, lute pelo seu respeito e não desanime. Jamais! Porque meninas que têm luz própria como você incomodam! E sabe por que incomodam? Porque estão sendo apenas do seu jeitinho lindo de ser! E isso você não deve mudar por causa de crítica nenhuma!

A garota estava emocionada. Os olhos molhados de lágrimas. Queria segurar todas, mas era impossível. As lágrimas mergulhavam nos cantinhos da boca.

Ao receber um abraço da professora, Ariadne sorriu sem jeito. Ela também viu Danilo com os olhos úmidos. Quando ele notou o olhar da garota, sorriu encabulado. Pela primeira vez, a garota achou bonito o sorriso do amigo.

83% ////////

No intervalo, Gabriela, Milena, Vinícius, Kenji, Robson e Danilo rodeavam Ariadne. E a conversa não poderia ser outra: o ataque ao *Fios de Ariadne*.

– O que a polícia vai fazer? – Danilo ouviu quando Milena perguntou.

– Não sei ao certo – respondeu a amiga. – No começo, fiquei com muito medo. Mas minha mãe e Lila me esclareceram o quanto seria importante. A gente não pode deixar os crimes virtuais impunes. E eu nem fazia ideia que ela tava acompanhando meu canal.

– Lila tem toda razão – concordou Gabriela. – O certo é denunciar mesmo. Eles têm que pagar pelo crime que cometeram.

– Será que vão prender todo mundo? – questionou Robson.

– A polícia vai ter que investigar cada perfil um por um – esclareceu Vinícius. – E muitos eram *fakes*.

– Hoje tem delegacia especializada em crimes cibernéticos – explicou Kenji. – Eles dão um jeito.

– Foi numa dessas que a gente foi... – disse Ariadne. – Mas não vi se tinha muitos perfis falsos. Os comentários eram tão horríveis que não tive coragem de ler tudo.

– Nem precisa – aconselhou Gabriela. – Isso só vai te fazer mal.

– Eu leria um por um e dava uma resposta bem boa! – falou Milena.

Danilo pensou que se Ariadne inventasse de responder todos os comentários daria um trabalhão. Ele tinha várias páginas de *print* com esses comentários num arquivo no *notebook*.

– Mesmo que fizesse isso, a opinião dessas pessoas não iria mudar de uma hora pra outra. Nossa sociedade é muito preconceituosa. E desde pequena acontece alguma coisa comigo que é sinal disso.

– Por isso que você fez bem em denunciar – apoiou Danilo. – Como meu pai falou e eu já te disse, só levando pra polícia esses casos é que, aos pouquinhos, o mundo mude.

O sinal tocou, anunciando o fim do intervalo. A turma toda se levantou para voltar para sala.

Mas algo no Mural Poético chamou a atenção de Danilo. Uma das palavras da legenda de uma foto lhe intrigou. Ele olhou para trás. Os colegas já estavam um pouco distantes. O garoto pegou o celular no bolso da calça e tirou uma foto.

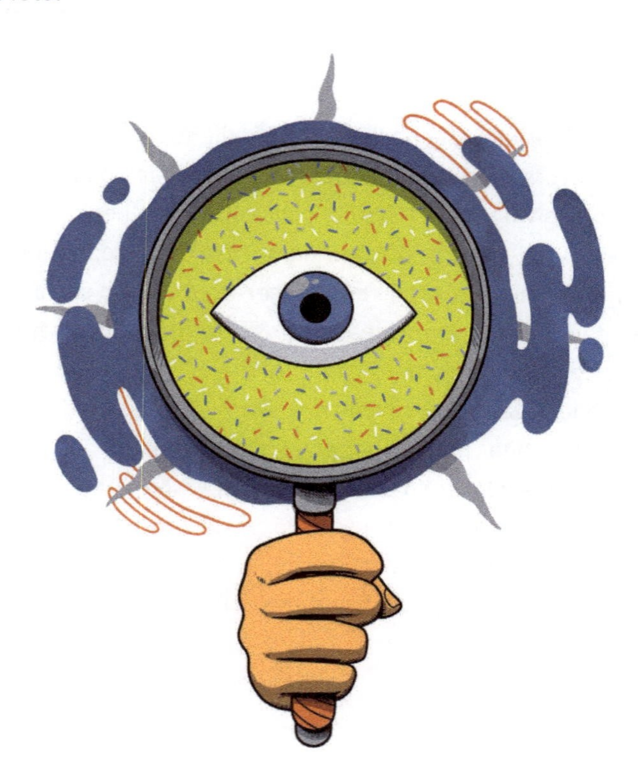

84%

– Filha? – chamou a mãe de Ariadne na porta do quarto com um sorriso.

A garota estranhou. Usou o indicador para pausar a leitura. Precisava selecionar um trecho de *As aventuras de Tom Sawyer* para o trabalho de Lila.

– Oi, mãe.

– O delegado acabou de me ligar.

– O que ele disse?

– Descobriram o que desencadeou tudo isso – disse a mãe com um sorriso enigmático. – Lembra o vídeo que você postou com dicas de penteados para meninas negras?

– Sim... Faz tempo... Foi nas férias. As aulas nem tinham começado ainda...

Misteriosa, a mãe sorriu e explicou:

– Simplesmente uma das atrizes da maior rede de tevê do país, a Maria Núbia, viu o vídeo, gostou e divulgou seu *vlog* ao lado de outras três garotas no Instagram dela, colocando a *hashtag* #PORMAISVLOGUEIRASNEGRAS. Os *haters*, além de atacarem o perfil da atriz, saíram verbalizando mensagens racistas e de ódio no perfil das quatro...

O livro caiu das mãos da garota boquiaberta.

– Maria Núbia indicou meu canal!

E Ariadne se pôs a pular e a gritar em cima da cama.

85%

Danilo pegou a lista de comentários que deixaram no *vlog* de Ariadne. Ele tinha lido vários deles. Era muita maldade.

Procurou a imagem no celular. Releu a legenda poética. Depois, começou a procurar na lista de comentários. Na metade da terceira página estava a imagem da Sininho do desenho *Peter Pan* e o comentário postado pelo perfil FADAAUTENTICA:

Menina chata. Cabelo nojento.
Anciosa pra esse lixo acabar.

E não. Aquele erro não foi feito pelo corretor automático. E se o garoto estivesse certo, alguém do 6º A também tinha participado do ataque ao canal de Ariadne.

86%

Hello, pessoal! Aqui é Ari e o vídeo de hoje do *FIOS DE ARIADNE* é bem sério.
Acho que vocês viram o que aconteceu no meu canal, né? Vou tentar me segurar pra não chorar, mas se rolar umas lágrimas, não se preocupem. Vou ficar bem.
Faz uns dias que, quando fui conferir os *views*, os *likes* e os comentários como sempre faço, encontrei muitos *dislikes* e um monte de comentários maldosos. Cruéis mesmo. Tinha gente me xingando só por causa do meu cabelo e da minha cor de pele. Muitas coisas horríveis!
Mas, como dizia minha avó materna, que faleceu no ano passado, até nas experiências ruins a gente deve procurar ver coisas boas. Descobri então que Maria Núbia, a atriz que todo mundo conhece, indicou no Instagram dela meu canal junto com os de outras três meninas - vou deixar o *link* do canal delas na descrição do vídeo - e colocou a *hashtag* #PORMAISVLOGUEIRASNEGRAS. GENTE! Maria Núbia recomendou meu canal! So-corro! Mas um bando de *haters* invadiu do nada o perfil dela, o meu e o das outras três meninas, deixando um monte de ofensas. Foi muito triste isso!

Só que todo mundo já denunciou. Sim, fiquei com medo de envolver a polícia nisso tudo, mas não poderia fazer diferente e deixar isso impune, como explicou minha mãe, minha professora Lila e Maria Núbia. Sim! Ela ligou pra mim! So-corro! Ela foi um amor! Muito obrigado pelo carinho, Maria Núbia!

É isso aí. Nós cinco já denunciamos. A gente não pode ficar calada. Calar é deixar as coisas ruins continuarem. Essa história virou caso de polícia agora. Injúria racial é crime inafiançável, como me explicou o delegado. E quem faz mal pra outra pessoa tem que arcar com as consequências.

Bem, esse vídeo foi mais pra desabafar, dar notícias e pra dizer que não vou desistir do canal e que, como combinei com as outras meninas e Maria Núbia, a gente não vai apagar os comentários. Queremos que eles fiquem aí pra lembrar sempre que a luta por igualdade racial não acabou com a escravidão, lei Áurea, essas coisas. É uma luta que acontece todo dia.

Então, aguardem meus próximos vídeos.

Beijinhos da Ari!

87%

Na segunda, Danilo não desceu para o intervalo para jogar bola com os meninos. Esperou ansiosamente que todos saíssem. Passou o fim de semana inteiro pensando em como provar quem tinha participado do ataque ao canal *Fios de Ariadne*. Por isso deveria agir rápido. Era proibido ficar em sala durante o intervalo. Mas ele tinha uma pista. E foi direto na mochila certa.

Abriu-a. Procurou algo nos cadernos. Folheou-os rapidamente com o coração aos pulos. Se fosse quem ele estava realmente pensando... Os dois cadernos em si já eram uma pista, embora não pudessem provar nada. Mas a agenda que encontrou num bolso escondido...

Alguém tocou no ombro do garoto e ele soltou um palavrão.

– Por que você tá mexendo aí?

Era Robson.

Pego em flagrante, Danilo gaguejou sem saber o que falar.

88%

Para a aula de Português do dia seguinte estava marcada a apresentação dos trechos que os alunos selecionaram do livro literário do bimestre. As curtas peças teatrais, por assim dizer, seriam encenadas em sala mesmo. Lila se sentou ao fundo e esperou que os alunos se organizassem.

Ariadne tinha sugerido ao grupo a cena do julgamento de Muff Potter, acusado injustamente de assassinato e salvo da forca por Tom Sawyer. Era uma das melhores cenas do livro, mas a garota esbarrou num problema. O grupo dela só tinha quatro membros: Gabriela, Milena, Danilo e ela. Para a peça ser coerente e dinâmica, era necessário mais alguns integrantes. E, ao comentar isso no grupo, Danilo, com os olhos brilhando, disse que poderiam chamar Kenji, Robson e Vinícius. Se a cena exigia mais personagens, talvez a professora não fizesse oposição, já que os sete estariam atuando.

Todos toparam. Lila aceitou a proposta, e o grupo de Robson concordou em participar. Na cena, Ariadne faria Muff Potter, Milena seria o advogado, Gabriela como o juiz, se vestindo de menino, Vinícius e Kenji duas testemunhas de acusação, Robson o vilão Injun Joe e Danilo, o protagonista Tom Sawyer.

Ariadne até brincou com o amigo, dizendo que os dois, Tom e Danilo, por viverem aprontando, eram meio parecidos. O garoto sorriu meio sem jeito. Pela segunda vez, a garota achou bonito o sorriso do amigo.

89%

Danilo comemorou internamente quando a professora permitiu que a ordem das apresentações fosse alterada e o grupo dele ficasse por último. Só assim o plano poderia dar certo sem comprometer as outras peças. O novo final, que passou o dia anterior todo planejando, seria bem diferente do escrito por Gabriela, que adaptou o trecho do livro para o formato de peça teatral.

Mas o *engraçadinho da Disney* precisava aprender uma lição. O mundo virtual poderia esconder a verdadeira identidade daquele perfil *fake*, mas, no mundo real, todos conheceriam sua cara. E com direito a provas.

E foi isso que Danilo-Tom Sawyer disse que tinha ao ser chamado pela advogada Milena para testemunhar a favor de Ariadne-Muff Potter.

– E eu tenho provas!

O restante do grupo se olhou intrigado. Tanto na cena original quanto na versão de Gabriela, Tom Sawyer não levava ou mostrava nada durante o julgamento.

Danilo notou quando Ariadne-Muff Potter lançou para ele um olhar inquisidor, como se perguntasse se tinha errado a fala ou esquecido como ensaiaram a cena.

Nesse momento, as lâmpadas que iluminavam a frente da sala se apagaram e alguém projetou na tela o comentário de Sininho, criticando Ariadne. Depois, duas novas imagens dividiam a tela pela metade na horizontal. Em cima, uma agenda com a mesma personagem e, embaixo, uma página com o mesmo erro de português:

Sexta, 10/03
12h - nada anciosa pra ir no *shopping* com a falsa da Ari

E, por último, uma das fotos do Mural Poético. Nela, um pequeno amontoado de lixo boiando no Capibaribe e a legenda:

Comida de peixe e passarinho?
Anciosa pra esse lixo acabar.
Milena Pereira - 6º A

Diferentemente do que acontecia no livro *As aventuras de Tom Sawyer*, quem saiu do julgamento não foi Robson-Injun Joe, mas Milena.

90% //////////

– Por que você fez isso, Milena? Por quê? – perguntou Ariadne sem controlar os dois rios de lágrimas que corriam pelo rosto. – Pensava que você era minha amiga! Minha amiga!

– E eu era! – respondeu Milena, que também chorava.

– Amigas não fazem isso – repreendeu Gabriela. – Como você pôde?

Após a saída de Milena da sala, Ariadne, já chorando, correu atrás da amiga. Não conseguia acreditar no que tinha acontecido. E precisava tirar essa história a limpo. Assim como Injun Joe fugira ao ser denunciado por Tom, Milena, ao ser entregue por Danilo, acabara de confirmar a própria culpa. Gabriela seguiu atrás. Agora, as três estavam no banheiro feminino próximo à quadra.

– A ideia de fazer um *vlog* primeiro era minha!

– O quê? – Ariadne estranhou.

– Antes das férias eu contei pra você que iria criar um canal. E quando vejo, você faz um na minha frente. Você roubou minha ideia! A minha ideia!

Ariadne tentava se lembrar dessa conversa que tivera com a amiga. Provavelmente foi no final do ano anterior. Milena havia falado do *vlog*, mas já era um desejo antigo de Ariadne também. Uma coincidência apenas. E Ariadne tinha dito que se tivesse uma boa câmera começaria um canal. E foi quando a mãe comprou uma. Mas não havia motivo para ela escrever todos aqueles comentários.

– Tentei fingir que nada aconteceu – continuou Milena. – Mas tudo com você era só *vlog*, *vlog*, *vlog*. E a cada dia você tinha mais seguidores que deveriam ser meus!

– Você também pode fazer seu canal!

– Pra acharem agora que tô imitando você?

– Milena... – Gabriela pensou em dizer algo, porém desistiu.

Milena contornou as duas amigas para sair do banheiro. Foi quando a professora de Português, a coordenadora e a psicóloga do colégio apareceram juntas na porta e barraram a passagem.

– Precisamos conversar seriamente – avisou Heloísa.

– Isso que você fez foi algo muito sério – acrescentou Sophia.

– Prefiro acreditar que você não sabe a dimensão do que fez – complementou Lila. – Como pôde fazer isso com sua melhor amiga?

A garota se voltou um instante para trás e não respondeu.

Ariadne e Gabriela se abraçaram apertado. Raiva, mágoa e tristeza se transformavam em lágrimas que corriam intensas como o próprio Capibaribe após um dia de chuva forte.

91%

– Valeu, Robson, por me ajudar com o plano.

– Não precisa agradecer – disse o outro enquanto cumprimentava Danilo com um soquinho amistoso. – Ainda bem que meu pai emprestou o celular. Esse projetor que vem nele é perfeito!

– Valeu mesmo! E Milena não vai enganar mais ninguém.

– Que bela amiga Ariadne tinha!

– Pois é... Acho que agora somos amigos, concorda?

– Sim, sim. Foi mal pelas implicâncias do começo. Tava errado e elas só deram *preju* – disse, referindo-se ao episódio do passeio pedagógico.

– A gente dá menos trabalho andando junto que separado...

A conversa entre os dois garotos foi interrompida por Heloísa:

– Danilo e Robson! Venham comigo imediatamente! O que vocês fizeram foi muito sério!

Danilo olhou para Robson. Parece que estavam novamente encrencados. Por trás de Heloísa, Milena colocou a cabeça na porta da sala e gritou para toda a turma:

– Vocês sabiam que Danilo é doido? Ele é doido! Toma remédio tarja preta e vai até no psiquiatra! Eu vi! Ariadne e Gabriela também viram! Ele é doido!

O garoto ficou vermelho de raiva e vergonha.

92%

No final da tarde, Ariadne e Gabriela se encontraram numa sorveteria da Avenida Engenheiro Domingos Ferreira. Aquele dia tinha realmente sido muito turbulento e as duas precisavam conversar ao vivo. Mensagens de texto, áudios ou até mesmo uma chamada de vídeo pelo celular não seriam suficientes para as duas.

– Você vai conseguir perdoar Milena? – perguntou Gabriela depois de dar a primeira mordida na casquinha do sorvete.

– Não sei, Gabi... – confessou Ariadne com um suspiro. – Ela postou comentários horríveis, racistas... Me acusou de ter roubado a ideia de fazer um canal... Se ela não tivesse confessado, eu era capaz de acreditar que tudo não passou de uma molecagem de Danilo e Robson.

– Eu também. Aqueles dois só vivem aprontando – comentou a amiga. – Agora, Milena, em vez de ficar postando aquelas coisas, deveria ter se preocupado com o canal dela, já que era tanto o que queria.

– Pois é! A gente até poderia se ajudar com dicas, indicando o canal uma da outra, gravando vídeos juntas, mas não fez nada e ainda por cima ficou me detonando! Ela era minha amiga!

– Nossa amiga! – corrigiu Gabriela com um ar triste. – Será que ela vai continuar no colégio?

– Acha que vai ser expulsa?

– Expulsa não... Vergonha mesmo de voltar por causa do que fez. Danilo e Robson não perdoaram e mostraram pra todo mundo. E com direito a um errinho de Português.

– E ela colou a folha errada no mural, Gabi! Milena esqueceu o trabalho em casa e trouxe no dia seguinte. Vi quando ela mostrou pra Lila e a professora pediu pra corrigir a frase. Ela pegou outra folha pra refazer. Não sei como colou no mural a folha errada.

– Milena sempre foi muito preguiçosa. Ela sempre se escorava na gente. Deve ter confundido as folhas na hora de colar a foto. E como fez isso um dia depois, acabou passando despercebido de todo mundo. Era tanta foto ali das duas turmas da manhã e da tarde. Umas 120 fotos, né? Aí, ninguém percebeu.

– Pois é... – disse a amiga, tentando em vão entender como Milena podia ter feito tudo aquilo. – Como já te disse, os pais dela me ligaram depois do almoço, conversaram com minha mãe, comigo; Milena também falou, pediu desculpas e tal, que não fez por mal, não tinha dimensão de que era crime o que estava fazendo... Não sei se foi sincero... Nunca pensei que ela fosse capaz de uma coisa dessas...

– O problema é que tem gente que esconde o preconceito, né, Ari? Não dizer às claras não significa que a pessoa não tenha algum tipo de intolerância lá dentro. É como o que aconteceu com Danilo depois que Milena contou que ele tava indo ao psiquiatra. Nas duas últimas aulas, reparei que tinha alguns alunos da sala olhando meio torto, como se ele pudesse ter um ataque de loucura a qualquer momento.

– Ainda não sei como Milena não espalhou na escola a história de Danilo...

– É simples – respondeu a amiga. – Só nós três sabíamos do assunto. E Milena sabia que nós duas não iríamos abrir a boca. Se a história vazasse, óbvio que teria sido ela. Se bem que agora não faz muita diferença... Ela gritou pra todo mundo ouvir que Danilo é "doido" e que tá indo pro psiquiatra.

– Mas Danilo foi doido mesmo em fazer aquilo. E ainda arrastou Robson para o plano. Os dois levaram advertência e os pais vão ter que ir ao colégio amanhã.

– Eles poderiam ter vindo falar direto com a gente, procurar Lila ou Heloísa, mas não... duas crianças!

– Tem razão! – concordou a amiga. – Mas... sobre a ligação, acha que Milena se arrependeu de verdade? Alguma chance de perdoar?

– Não sei, Gabi... Não sei... O que você faria?

A amiga mostrou a palma das mãos em sinal de dúvida.

– Como dizia minha avó, é preciso dar tempo ao tempo...

93%

Na quinta-feira seguinte, dois dias após as apresentações baseadas no livro do bimestre, estava agendada a roda de conversa. Pelo que Danilo entendera, um momento em que todos fariam comentários sobre a leitura que fizeram. Ou que não fizeram, como o garoto que apenas acompanhou o *vlog* de Ariadne e decorou suas falas da peça escrita por Gabriela.

Mas, antes de formarem a roda, o grupo de Danilo teve de reapresentar o episódio do julgamento e sem mudar o final. Como Milena desde terça não assistia às aulas, foi preciso ajustar o texto teatral. Kenji se tornou o advogado e Vinícius passou a ser a única testemunha de acusação. Milena provavelmente ficaria sem nota. Pelo que o garoto se lembrava, Gabriela tinha entrado em contato com Milena e ela apenas dissera que só voltaria às aulas na semana que vem e no turno da tarde.

Após a apresentação, que não teve 1% das emoções da anterior, Lila pediu que a turma fizesse novamente um círculo. Os alunos puxaram as cadeiras.

Danilo se sentou ao lado de Robson, Kenji e Vinícius. Nos dois dias anteriores, o garoto evitou os demais colegas de sala. Eles pareciam olhar meio torto, após descobrirem o fato de ele tomar remédio tarja preta. Ainda que ele explicasse que era TDAH, a combinação psiquiatra e remédio tarja preta gritados com fúria por Milena resultavam em tratamento diferenciado. Ariadne tinha dito para ele não ligar. Era só uma questão de tempo para todo mundo esquecer isso.

Os pensamentos do garoto foram interrompidos pela pergunta da professora à turma:

– E então, quem já terminou de ler o livro?

Quase toda a sala levantou a mão. Danilo sentiu um frio no estômago. Sequer havia lido uma página. E Ariadne não postara na véspera o vídeo contando o final. Ele teve que se virar pesquisando resumos na internet.

– Neste nosso momento – continuou a professora – quero saber o que cada um achou do livro: se gostaram, se não gostaram, a cena que mais prendeu a atenção de vocês...

Os comentários foram os mais diversos. Depois de Gabriela e Kenji falarem, Ariadne levantou a mão, pedindo a palavra. Lila assentiu.

– A parte que mais gostei foi quando Tom Sawyer, mesmo com medo, decidiu fazer a coisa certa e revelar quem era o verdadeiro assassino. Fiquei pensando que a gente tem que decidir a todo o momento o que fazer e encarar as consequências disso... – a garota disse essas palavras olhando para Danilo. Ele sorriu. Ela prosseguiu. – E quem ainda não leu, tem que ler! A gente se diverte, ri, pensa, torce pelo amor de Tom e Becky...

Assim que chegou em casa, Danilo vasculhou o quarto, revirando para cima e para baixo à procura do livro. Achou.

Sentou-se na cama, respirou fundo e abriu *As aventuras de Tom Sawyer* na primeira página. Decidiu fazer aquilo que já deveria ter feito há muito tempo.

Hello, pessoal! Aqui é Ari e tá começando mais um vídeo do *FIOS DE ARIADNE*!

E aí? Todo mundo já terminou o livro do Tom Sawyer? Já descobriram o que aconteceu no julgamento e depois?

Então vamos ao que interessa. Chegou o dia do julgamento e a coisa tava muito complicada para o Muff Potter, e o Injun Joe tava lá na plateia assistindo de camarote, como se não tivesse culpa no cartório. Mas, para surpresa de todos e felicidade geral da nação, Tom abriu a boca e

contou tudo! Ou quase tudo, já que ele não falou o nome do Huck pra não colocar o pescoço do amigo em risco. Injun Joe fugiu do tribunal e ficou foragido por um bom tempo. Tom, nos primeiros dias, teve uns pesadelos horríveis, mas o tempo foi passando e ele se acalmando e todo mundo da cidade foi achando também que Injun Joe não pisaria mais os pés lá.
Tom então decidiu voltar às traquinagens e se tornar caçador de tesouros. Chamou o amigo Huck Finn, que topou na hora. E eles embarcam em uma nova aventura na Ilha Jackson, aquela onde eles ficaram escondidos da outra vez, para procurar algum tesouro. Mas eles não têm mapa nem nada. É tudo na base da imaginação. Como não encontram nada na ilha, decidem procurar numa casa abandonada! E é lá que eles encontram Injun Joe disfarçado junto com um comparsa. Por pouco, o vilão não encontrou os dois meninos. Mas adivinhem o que Injun Joe tinha escondido ali na casa? Um tesouro! Porém, o vilão vai mudar o esconderijo de lugar, para tristeza dos garotos. Em vez de procurarem a polícia, Tom e Huck decidem procurar pistas e encontrar o novo esconderijo do tesouro. No meio disso tudo, Becky, que tinha saído por um tempo da cidade – me esqueci de contar isso no vídeo anterior –, volta e organiza um piquenique numa ilha próxima a uma caverna. Aí, Tom e Becky vão ao passeio. Lá, os dois se afastam das outras crianças e decidem explorar a caverna. E adivinha! Eles se perdem. A caverna tem uns corredores como se fosse um labirinto! Gostei disso!
Sem água, sem comida e com a única vela que tinham acabando, só resta aos dois esperarem que os adultos sintam a falta deles e iniciem as buscas.
Mas Tom não consegue ficar quieto, esperando os outros os acharem. Vai tentando procurar alguma saída. Utiliza até um fio, que não sei de onde saiu por que eles não usaram antes, mesmo assim gostei porque combina com o nome do meu canal. #FIOSDEARIADNE. Nessas buscas, o garoto

descobre que Injun Joe também tá escondido na mesma caverna! So-corro!
Achei essa parte do livro um pouco parecida com o mito do Minotauro que todo mundo conhece. A caverna seria o labirinto, o Injun Joe seria o Minotauro, e Tom e Becky seriam Teseu e Ariadne. Talvez isso seja coisa da minha cabeça. Mas que me lembrou, me lembrou!
Agora o que vai acontecer? Bem, eu que não vou estragar a sua leitura, né? Contar o final do livro é coisa que não vou fazer. Nem façam isso nos meus comentários, por favor. Mas quem quiser trocar uma ideia depois do livro lido é só mandar uma mensagem que vou adorar ler e responder! Me digam o que acharam!
E meu primeiro diário de leitura vai ficando por aqui. Curtam, comentem e compartilhem meu canal!
Beijinhos da Ari!
Ah, a professora de Português disse que seremos nós que vamos escolher o próximo livro. Ou melhor, cada grupo vai escolher um livro do Monteiro Lobato para ler. Será que vocês adivinham qual é o meu?
Se alguém falou "O Minotauro" acertou! Foi sugestão da Gabi, que já leu e tá relendo pra poder me emprestar. Em breve, começo o diário. Eita! O vídeo de hoje ficou enorme!
Beijinhos da Ari!

95% //////////

– Danilo, o que você está fazendo ainda acordado?

O garoto retirou o olhar do livro. Era sua mãe na porta do quarto.

– Tô acabando de ler.

– Amanhã você tem aula. Precisa dormir cedo.

Ele sorriu sem graça.

– Me empolguei. E já tô acabando. Quero saber o que vai acontecer com Tom e Becky, que estão perdidos dentro de uma caverna com um assassino se escondendo lá também.

– Você tá parecendo seu pai – a mãe sorriu e se sentou no banquinho onde o garoto costumava ficar quando jogava *video game*. – Ele também é assim. Quando se empolga no trabalho, não para... Acho que é o *hiperfoco* que o psiquiatra contou.

Danilo se lembrou da palavra. Pessoas que apresentam TDA ou TDAH, apesar da desatenção característica, conseguem, diante de certas atividades que lhes despertam interesse, ficar horas a fio hiperconcentradas. Mas, depois da atividade concluída, meio que a bateria descarregava.

– A senhora e o papai vão voltar?

Ela balançou a cabeça em negativa.

– Mas...

– Ah, já sei... Mesmo separados vão continuar me amando e blá-blá-blá... Já tô enjoado de ouvir isso. Posso voltar a ler?

A mãe riu.

– Pode – e se levantou para deitar na cama ao lado do filho. Depois que se acomodou abraçada ao garoto, perguntou: – Posso dormir com você hoje?

Danilo não se lembrava de ter visto a mãe tão carinhosa assim há muito tempo. E invertendo os papéis. Há alguns anos quem fazia esse pedido era ele. Pensando nisso, demorou um pouco a responder:

– Po-de.

Ela fechou os olhos e disse:

– Você também pode namorar Ariadne.

– O QUÊ?!

– Ariadne ou quem você quiser. Mas não agora. Só quando crescer, depois que terminar a faculdade, arranjar um emprego... Você tá muito novo ainda pra isso. Mas vai poder namorar quem você quiser, sim.

Danilo não sabia o que dizer.

– Você não queria terminar o livro? – ela perguntou. – Continua. Mas lê em voz alta pra eu escutar...

Então o garoto prosseguiu com a leitura.

96% ////////

– Terminei o livro.

Era segunda-feira e Ariadne ainda estava despertando quando chegou ao colégio. Ficou acordada até tarde esperando o novo vídeo com o final, ou melhor, sem o final de *As aventuras de Tom Sawyer* cair na rede. Queria compartilhar com os amigos para impulsionar a publicação e ganhar algumas *views* a mais. Se bem que, depois do ataque e da divulgação do canal pela Maria Núbia, os primeiros vídeos estavam com mais visualizações e o número de inscritos tinha crescido também consideravelmente. Verificando tudo isso, foi dormir tarde e, por isso, não entendeu muito bem o que Danilo falara assim que ela entrou na sala.

– Você o quê? – ela perguntou para que ele repetisse.

– Terminei o livro. Todinho. Neste fim de semana.

– Você leu mesmo? – perguntou Ariadne, duvidando. – Ou você viu o último vídeo ontem e quer me enganar?

– Só vi hoje de manhã que o vídeo entrou. Mas ele veio sem o final, né? Então, pode perguntar qualquer coisa que eu respondo com riqueza de detalhes – brincou o amigo.

– Tá bom. Vou acreditar em você. Dizem que quem tem TDAH pode ter um superpoder: o *hiperfoco*.

– Você andou pesquisando?

Ariadne ficou sem graça. Mas confessou:

– Um pouquinho.

– Meu psiquiatra explicou isso depois que contei pra ele que consigo passar várias horas jogando. Até de beber água, comer e ir no banheiro eu esqueço. Os *games* ativam um negócio aqui no meu cérebro. Só não entendi muito bem pra explicar... O que importa é que isso me ajuda a zerar os jogos. Sou melhor que Kenji, Vinícius e Robson juntos.

– Hum... – uma ideia passou pela cabeça da garota.

– O que foi, Ari?
– Você pode usar isso a seu favor.
– Como?
– Que tal criar um *vlog* sobre *games*?

97%

Oi, eu sou o Danilo,
E este é o primeiro vídeo do meu canal.
Sou TDAH e viciado em *games*. Zero todos. Na escola, tô melhor este ano. Lá o zero é só na prova de Matemática. Zerar lá não é tão legal quanto zerar aqui. Porque quando o assunto é *game*, eu dou aula. Sou *expert*. Por isso, nada melhor que o nome DR. GAMER para o canal.
E, por isso, tô criando este canal pra ajudar você a zerar também todos os jogos.
Então, procura o carregador, que sua bateria vai ser pequena pra tanta dica que eu vou dar.
Agora, pra começar, vou falar de um jogo de que eu gosto muito. Eu só não. O mundo todo. Quem não gosta de FIFA?

98%

Hello, pessoal! Aqui é Ari e tá começando mais um vídeo do *FIOS DE ARIADNE*.
Estranharam um novo vídeo, né? Não, não vou fazer aquele desafio de um vídeo por dia. As provas bimestrais tão chegando, mas... quem sabe depois eu faça.
Resolvi gravar este vídeo porque acordei com vontade de falar. Sabe quando a gente quer muito dizer algo? Mas não pra uma pessoa só. A vontade é de falar pra um monte de gente.
Acordei assim. Só lavei o rosto e escovei os dentes, por isso minha cara ainda tá assim, meio amassada e inchada.
Mas o que eu quero dizer é o seguinte: a gente precisa fazer as coisas com sinceridade. Sim, sinceridade!

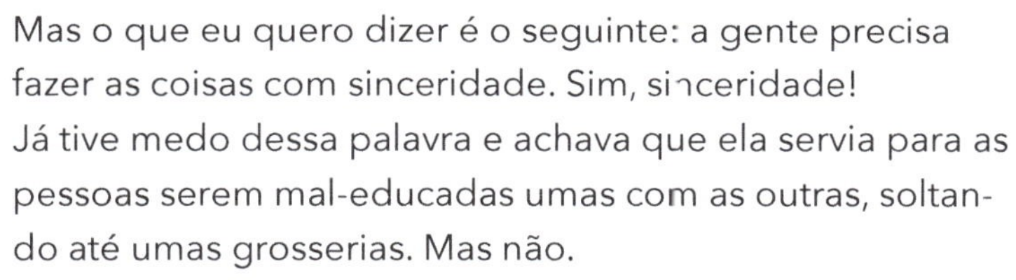

Já tive medo dessa palavra e achava que ela servia para as pessoas serem mal-educadas umas com as outras, soltando até umas grosserias. Mas não.
Sinceridade, pra mim, hoje, são duas coisas. A primeira é quando você é alguém de verdade sem fingir ser outra pessoa. E a segunda é quando você faz ou diz algo com vontade.
A sinceridade é meio que também a mistura de tudo isso. E é importante que a gente seja sincero e coerente sempre. Senão, quando a gente vai saber que você tá falando a verdade?
Porque sinceridade é ser quem você é, do seu jeitinho, seja com pele negra e cabelos cacheados ou sendo TDAH e aprendendo a lidar com o jeito como você funciona de

verdade. Só isso. Ou isso e mais um pouco. Vocês entenderam o que eu quis dizer, eu sei.
E, sendo sincera com vocês, agora vou chegar atrasada no colégio se continuar gravando. Então era isso. Tchau!
Ah, ainda esta semana tem vídeo com dicas de maquiagem, hoje eu tô precisando, né? E Diário de leitura sobre *O Minotauro*, do Monteiro Lobato.
Beijinhos da Ari!
Ah, tô com a cabeça fervilhando de ideias incríveis pra vocês! Aguardem!

99% ////////

Os meninos do time de basquete do colégio já treinavam na quadra durante o intervalo, por isso o futebol com garrafinha de refri vazia dos alunos do 6º ano A teve que ser adiado.

– Ei, Danilo – chamou Ariadne, se aproximando do garoto.

– Você viu meu canal? – ele perguntou curioso.

– Vi sim! O vídeo devorou todos os meus dados, mas assisti todinho.

– Deixei em casa carregando desde ontem à noite. Não imaginava que demorasse tanto! Saiu praticamente agora.

– Manter um *vlog* dá trabalho. Agora a iluminação e o som não ficaram muito bons. E você me pareceu meio metido se gabando que é o Dr. Gamer, mas como todo menino é meio metido você vai ter seu público...

– Ih... Já tá criticando.

– É uma crítica construtiva – explicou a garota. – Mas vou te dar umas dicas pra você montar um cenário legal, editar os vídeos, e de como baixar a bola também. O começo é bem difícil, mas depois você se acostuma. É tão bom quando a gente vê o número de visualizações e seguidores crescendo!

Pela primeira vez, além de prestar atenção nas palavras, Danilo olhou atentamente a boca e o sorriso de Ariadne. Gabriela apareceu entre os dois.

– Gente, vem torcer pra Gustavo. Meu irmão tá arrebentando na quadra! Já fez quatro cestas de três pontos!

– Vamos! – convidou Ariadne.

Sentaram-se na arquibancada. Mas Gabriela logo se pôs de pé, gritando e pulando na torcida pela equipe do irmão.

Danilo e Ariadne permaneceram quietos. Ele não conseguia assistir ao jogo, pois só prestava atenção na presença da garota ao seu lado. Os jogadores eram como traços desfocados em movimento. A amiga era como... Não sabia explicar. Mas seu *hiperfoco* estava todo concentrado nela.

Como um passarinho, a mão de Danilo pousou sobre a de Ariadne.

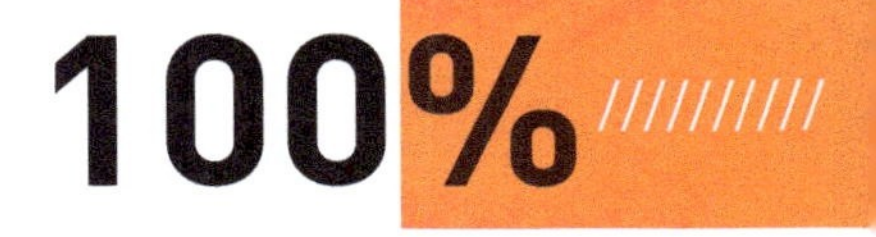

A garota estremeceu.

Quis perguntar o que ele estava fazendo, mas a boca fechada continuou muda. E ficou feliz por não ter tirado a mão. Ela se arrependeria no segundo seguinte.

Porém não sabia o que fazer. Não tinha coragem de se virar e olhar para o amigo. Será que ele estava rindo? Era uma brincadeira? Ou será que gostava mesmo dela? E ela dele? Afinal, a mão da garota permaneceu no mesmo lugar.

Eram perguntas demais. E não teria todas as respostas agora.

O amor é como uma bateria, carregando aos pouquinhos.

Ariadne respirou fundo e girou a mão suavemente sob a de Danilo. Os dedos se entrelaçaram.

Meu nome é Severino Rodrigues, sou escritor de livros para jovens e professor de Português no Instituto Federal de Pernambuco (IFPE). Escrever é algo vital para mim. E o cotidiano em sala de aula me inspira. As especificidades dos alunos com transtorno do déficit de atenção com hiperatividade (TDAH) e dos episódios de preconceito (não apenas racial) estão presentes no dia a dia de toda escola. Nada de novo. Mas a literatura, a arte da palavra e da linguagem, possibilita tanto esse encontro do real com o ficcional quanto a criação de personagens como Danilo e Ariadne – construídos por mim com extremo cuidado –, que se parecem com você, meu leitor, e com seu colega da cadeira ao lado.

PEDRO CORRÊA

Sou formado em Design Gráfico pela Universidade do Estado de Santa Catarina e há dez anos trabalho como ilustrador atuando nas áreas de editorial, publicidade e *design* de embalagem. Ilustrar este livro foi um prazer. Houve uma grande identificação com vários aspectos dos personagens, o que me deixou bastante à vontade para traduzir em imagens a história escrita. Fico feliz e honrado em fazer parte desta obra e desejo a todos uma ótima leitura!

Este livro foi composto com a família tipográfica
DIN para a Editora do Brasil em 2018.